Planícies

Federico Falco

Planícies

TRADUÇÃO
Sérgio Karam

autêntica contemporânea

Copyright © Federico Falco, 2020

Título original: *Los llanos*

Todos os direitos reservados pela Autêntica Editora Ltda. Nenhuma parte desta publicação poderá ser reproduzida, seja por meios mecânicos, eletrônicos, seja via cópia xerográfica, sem a autorização prévia da Editora.

EDITORA RESPONSÁVEL Ana Elisa Ribeiro	CAPA Andressa Zanette
EDITORA ASSISTENTE Rafaela Lamas	IMAGEM DE CAPA *Calêndula* (1596–1610), de Anselmus Boëtius de Boodt. Original do acervo de Rijksmuseum.
PREPARAÇÃO DE TEXTO Ana Elisa Ribeiro	
REVISÃO Marina Guedes	DIAGRAMAÇÃO Waldênia Alvarenga

Dados Internacionais de Catalogação na Publicação (CIP)
(Câmara Brasileira do Livro, SP, Brasil)

Falco, Federico

    Planícies / Federico Falco ; tradução Sérgio Karam. -- Belo Horizonte : Autêntica Contemporânea, 2022.

    Título original: Los llanos

    ISBN 978-65-5928-150-3

    1. Ficção argentina I. Título.

21-95076   CDD-ar863

Índices para catálogo sistemático:

1. Ficção : Literatura argentina ar863

Maria Alice Ferreira - Bibliotecária - CRB-8/7964

A **AUTÊNTICA CONTEMPORÂNEA** É UMA EDITORA DO **GRUPO AUTÊNTICA**

Belo Horizonte	**São Paulo**
Rua Carlos Turner, 420	Av. Paulista, 2.073 . Conjunto Nacional
Silveira . 31140-520	Horsa I . Sala 309 . Cerqueira César
Belo Horizonte . MG	01311-940 . São Paulo . SP
Tel.: (55 31) 3465 4500	Tel.: (55 11) 3034 4468

www.grupoautentica.com.br
SAC: atendimentoleitor@grupoautentica.com.br

Para Santi e Sole
Para Cande e Julita
Para Gonza
Para Manolo

Foi como se
[...]
a paisagem tivesse uma sintaxe
parecida à de nossa linguagem
e enquanto avançava uma longa
frase ia se dizendo
à direita e outra à esquerda
e pensei
Talvez a paisagem
também possa entender o que digo.

Ron Padgett

Janeiro

Na cidade, perde-se a noção das horas, da passagem do tempo.

No campo isso é impossível.

Os ruídos do entardecer, os pássaros se acomodando em seus galhos, os gritos dos papagaios, o chilrear dos ximangos, as pombas batendo as asas. Depois, subitamente, calma e silêncio. Ouve-se uma vaca urinar, um jorro grosso que repica na terra. Outra vaca a mugir, ao longe. O chamado de um touro, ainda mais longínquo. Os latidos de uns cães. O céu de uma noite sem lua, sem estrelas. É hora de entrar. O zumbido da luz branca da lâmpada fluorescente. Preparo o jantar, tomo um banho. A água remove o suor do dia, um cheiro de sabonete barato, de limpeza. Por mais que me esforce, embaixo das unhas restam pequenos grumos de terra negra. Leio sentado ao lado da luminária, os bichos zumbem do outro lado do mosquiteiro.

Sapos na varanda, um pássaro que se remexe no galho, um quero-quero a gritar.

Lá fora tudo é escuro e sem forma. A luz é cálida e suave na cozinha. Na quietude, uma sensação de proteção, de refúgio. O ronronar do motor da geladeira.

Refresca. O silêncio na madrugada é ao mesmo tempo denso e cristalino. Nada se move, não há vento. É um silêncio total. Não se ouvem carros, nem um cão a latir.

Só o que se ouve, às vezes, é o baque na terra dos cascos de alguma vaca, que se acomoda e apoia o peso do corpo em outra perna.

O silêncio parece um bloco. Se há algo que se move, o faz em sigilo, com tanta prudência que é impossível escutar, rasteja, se arrasta, escava, cuida cada um de seus movimentos.

Amanhece. Os primeiros são os pássaros, logo que a escuridão diminui e o horizonte clareia um pouco. Os gritos usuais, a confusão que aumenta à medida que a luz se torna mais laranja e mais forte. O sol ainda nem está alto o suficiente para que seus raios se filtrem, translúcidos e uniformes, por entre os galhos das árvores e as abelhas já aparecem. Zumbem pesadas ao redor das flores e do pasto. As moscas, as varejeiras. À medida que o calor aumenta, as vacas, para espantá-las, açoitam as próprias ancas com o rabo ou tremem o couro.

A luta com os insetos, com o selvagem, com o que vem de fora: coisas que, na cidade, em geral, não acontecem. Depois de um tempo, não há outra saída além de se render: conviver com as moscas, com os percevejos, com as mutucas, com as rãs que, volta e meia, sempre que podem, se grudam à porta e se enfiam na cozinha.

Nas sextas à tarde, meus avós iam me buscar na saída da escola. Eu preparava a maleta. Três pares de cuecas, três pares de meias, os tênis velhos, uma camiseta de dormir, dois ou três livros, uma calça de abrigo de reserva, roupa para andar fora, uma muda para ir à cidade.

Quando eu era pequeno e tinha sete, oito, nove, dez anos, meu fim de semana começava nas sextas à tarde, nas últimas ruas do povoado, onde nascia a estrada para Güero, uma estrada velha, muito velha. O vento e o passar dos anos foram desgastando seu leito até torná-lo profundo, uma espécie de passadiço entre dois paredões de terra, o leito de uma trincheira antiga, afundada no terreno à força de idas e vindas, de percursos, de trajetos: o desgaste produzido pelos corpos.

Era uma F100 com o câmbio na direção e eu ia sentado no meio. A caminhonete afundava no atoleiro espesso e, como num túnel sem teto, avançava protegida pelas duas paredes de terra. Desde cima, desde a superfície, plantas longas e secas caíam em cascata sobre as paredes das valetas.

Avançávamos em profundidade, a sacola com as compras entre as pernas de minha avó: pão, carne, açúcar, macarrão. O quebra-vento só um pouco aberto, os vidros das janelas fechados até em cima, para que não entrasse poeira.

No leito da estrada, a terra muito solta e muito fina, movediça, quase como um talco de cor cinza ou marrom pálido, muito mais claro que a areia, quase da cor de um giz ou de um osso seco. E as cascas de milho em redemoinho nas valetas, nas épocas de muito vento, depois da debulha.

Mais adiante, numa zona em que a terra se tornava mais dura, quase bruta, a estrada subia até correr à mesma altura do alambrado. Então aparecia, de repente, espetacular, a planície: chata, plana, os escombros de um campo em pousio, os pés de milho cortados a vinte centímetros do solo, um rebanho de vacas com a cabeça baixa, farejando de perto os grãos perdidos entre a palha e a terra.

Àquela hora a luz já estava mais branda e era de um laranja intenso. O rádio ligado, baixinho. A essa hora, quase sempre, um programa de tangos na LV16, Rádio Río Cuarto. No campo de Rovetto, alçando-se sobre a linha do horizonte, três palmeiras fênix gigantes, em meio à terra arada, onde já existira uma casa de tijolos que, a cada viagem, desaparecia pouco a pouco, como se o vento a derrubasse lentamente, em silêncio.

Ao chegar ao caminho do enforcado, o alto do céu se apagava num azul frio, e o avô ligava os faróis da caminhonete. Os últimos raios do sol tingiam de laranja o palo verde à margem da estrada, onde havia se pendurado, fazia já muitíssimos anos, um italiano transtornado pela guerra que uma noite se perdeu e acreditou que as luzes recém-inauguradas do povoado – longe, apenas um resplendor esbranquiçado refletindo-se nas nuvens – eram labaredas de canhões num novo campo de batalha.

De que guerra se tratava? Com que guerra ele terá se confundido? A de 1914? A de Trípoli? A da Etiópia?

Ninguém lembra como se chamava esse italiano, nem com que guerra havia confundido o reflexo de uma trilha branca, de um clarão que não queria ser outra coisa além de progresso.

Ou será que no povoado era Ano Novo e o que tingia a escuridão do céu eram fogos de artifício?

Circulam várias versões do mesmo episódio.

A beleza de três palmeiras fênix sozinhas no meio de um campo, golpeadas pelo sol laranja do entardecer, como se fossem um pôster do antigo Egito. Fogos de artifício cada uma das copas. Uma explosão extática. Em cada folha, as pontas verdes de uma chispa expandindo-se, o núcleo amarelo-limão quando a palmeira acabou de florescer. De um laranja suave, quando caem em cachos as tâmaras já maduras.

A lembrança dos faróis da caminhonete iluminando a estrada. A luz avança metro por metro, devora a escuridão, a cada instante descobre um novo rastro no negrume.

A textura de foto velha da lembrança. Cores pálidas, âmbar, tungstênio, baquelite, louça azul, o piscar, o silêncio subaquático da imagem, como se fosse em Super-8, o murmúrio de um projetor funcionando.

Uma lebre muito quieta no meio da estrada. O fundo de seus olhos reflete os faróis e brilha, rubro. Depois a lebre pula, corre fazendo movimentos em Z, trepa à altura do alambrado, escapa pelo campo.

Podo o orégano, podo o tomilho, faço pequenos ramos, ato-os com um cordão e penduro-os de cabeça para baixo nuns pregos na parede. Calor de matar, desde a manhã até a noite, todo o dia.

Perto da babosa, debaixo da araucária, encontro a cova de uma pequena cobra amarela e preta. É um buraquinho, nada mais. Dorme aí, enrodilhada. Às vezes estica a cabeça em direção ao sol. Escapa quando me aproximo.

Reviro a terra e capino. Preparo um pedaço de terra e transplanto uns pimentões. O calor não me deixa prosseguir. O sol bate tão forte que não se consegue ficar em lugar nenhum. Me atiro de costas sobre as lajotas frias para tentar fazer uma sesta. Depois vou a Lobos e compro uma mangueira de vinte e cinco metros, uma cortina para me proteger das moscas, Raid, Fluido Manchester, mais sementes. Ao entardecer, leio embaixo do carvalho, recostado sobre uma lona.

Pela estrada passa um homem numa bicicleta, de calças curtas, pedalando lentamente, contra o céu de tempestade. Depois trovões, mas muito distantes, mal se consegue escutá-los. E as nuvens que só se movem se a gente está quieto e olha para elas fixamente por muito tempo. Parecem massas de pintura pesada, densa, redemoinhos de tinta que se chocam, se misturam. Não chega a chover e não refresca. Faz um mês que não chove. O campo completamente amarelo, seco.

Sol a pleno. Esse silêncio do meio-dia, quando tudo – vento, pássaros, insetos – se recolhe e se aquieta à espera de que o calor diminua. Impotência porque não chove. Só o que se escuta são meus passos sobre a grama queimada, sobre a areia do caminho e a terra solta.

Na casa, rangem as chapas e a madeira do teto. O campo carregado de eletricidade no calor melancólico da sesta.

Calor de janeiro que tudo queima. As formigas comem a acelga. Os passarinhos comem o resto. Não chove, e o que nasceu se retorce sobre si mesmo e seca. Só o milho verde que cultivei para comer parece resistir um pouco. Rego com mangueira o mais que posso, mas me sinto vencido pelo desânimo e pelo fogo. A cada manhã, algo parecido ao desespero. Repito para mim mesmo, uma e outra vez, que há um tempo para cada coisa. Um tempo para a semeadura. Um tempo para a colheita. Um tempo para a chuva. Um tempo para a seca. Um tempo para aprender a esperar a passagem do tempo.

Às vezes, se eu me entediava ou se a viagem demorava, minha avó me contava histórias ao longo do caminho. A história de um tio Giraudo, morto há muitos anos, que costumava usar a ponta da toalha como guardanapo e, para não se sujar, a prendia na gola da camisa. Certa vez almoçava no hotel Viña de Italia, o hotel em que sempre parava quando viajava a Córdoba, e viu passar na calçada, do outro lado da janela, outro tio Giraudo, também de visita. Levantou-se apressado para chamá-lo, feliz pelo encontro e, ao se levantar, arrastou com ele, levando tudo ao chão, a toalha, as taças, a sopa, os pratos, os talheres.

A história de outro tio Giraudo, que estava aprendendo a dirigir um dos primeiros carros que chegaram àquela região, quando se fez noite em plena estrada. Vinha com um irmão só um pouco mais experiente, que lhe dava instruções, as indicações que lhe ocorriam. De repente, viram dois faróis se aproximarem e o irmão lhe disse que desviasse para o lado porque vinha um carro de frente. O tio Giraudo cedeu a passagem e desviou para o acostamento, mas acontece que o que vinha pela frente não era um carro, mas duas motos, uma junto à outra, cada uma com seu farol iluminando a estrada.

Continuaram andando e, um pouco depois, viram avançar uma única luz.

Um carro com um farol queimado, disse então o irmão que atuava como copiloto, e o tio Giraudo saiu da estrada, esperou no acostamento e, quando a luz passou a seu lado, viu que não era um carro caolho, mas uma moto só, com seu único farol aceso.

O tio Giraudo não disse nada, engatou a primeira, voltou para a estrada. Não tinham se passado nem dez minutos quando viram outra vez duas luzes vindo de frente.

Aí vêm duas motos! Vou passar no meio delas!, disse o tio Giraudo, disposto a não se desviar um único centímetro, e foi assim que se chocaram de frente com outro carro igual ao deles.

Muitos anos depois, vi a mesma piada num filme de Buster Keaton. Terá sido uma coincidência ou alguma vez terá chegado um projetor ambulante a Punta del Agua, a Perdices, e projetado filmes em preto e branco sobre um lençol, no pátio da igreja? Teria minha avó visto esse filme quando pequena e roubado dali a anedota?

Ou, talvez, um dos tios Giraudo, os únicos que tinham dinheiro para viajar às vezes para Córdoba ou para Rosario, teria visto ali, no cinema, e se apropriado da anedota como sua e, ao voltar, começou a contá-la para suas sobrinhas?

Luzes na noite, carros e motocicletas. Filmes mudos como num sonho e uma explosão de risadas diante do golpe, ao desfeito, ao que se parte ao meio.

Depois a estrada topava com a estância de Santa María, e dobrávamos à esquerda, pela estrada grande, a estrada de Perdices, um caminho também velho e profundo, caído para o lado, porque por uma de suas valetas corria um canal largo que a cada tempestade trazia água do Espinillal, do Molle, de Puente La Selva. O campo de Bocha Pignatelli, o campo de Gastaudo. Em seguida, como surgido do nada, e seguindo a linha dos postes de luz, abria-se um caminho estreito à direita. Na primeira entrada viviam Juan Pancho e Juan Jorge, uns primos de minha mãe, sobrinhos de meu avô. A segunda entrada era a nossa.

Chegar de noite, os faróis da caminhonete varrendo os galpões, as glicínias. Os faróis da caminhonete contra as paredes da garagem, cada vez menores à medida que nos aproximávamos, cada vez mais concentradas sobre si mesmas. O silêncio e o negrume do campo quando o motor se apagava por completo. A luz fluorescente da cozinha, o tio Tonito – um tio solteiro, irmão de meu avô –, que já tinha jantado e se deitado, mas deixara a luz acesa para nós.

Dormir na cama de solteiro que tinha sido de minha mãe antes de se casar, antes de se mudar para o povoado. A cama contra a parede, embaixo da janela. Os lençóis gelados, um pouco úmidos. Tremer até que o corpo esquentasse as partes em que se acomodava. Ficar quieto, evitar os lugares ainda frios. Senti-los apenas com a ponta dos pés descalços. Retroceder em seguida.
Dormir de meias. Dormir de abrigo e camiseta. Ir fazer xixi no meio da noite, sentir o frio dos ladrilhos atravessar o tecido de minhas meias soquetes.

As coisas no escuro já não existem. Durante a noite, é como se tudo ao redor desaparecesse. Só existe a casa, o interior da casa, suas paredes brancas. A casa boiando no negrume.

Se acendo algumas das luzes de fora – a lanterna junto à porta da frente, a lâmpada da varanda ou a da porta da cozinha –, o espaço que elas chegam a iluminar se incorpora ao meu mundo. Olho pela janela e, à luz âmbar das lâmpadas, vejo três ou quatro metros de relva chamuscada, e depois a bolha de luz se adelgaça e a escuridão se torna matéria, toma corpo.

Ao contrário, se não acendo nenhuma luz, ao me debruçar na janela, os olhos, acostumados à penumbra, logo enxergam formas, contornos. Os eucaliptos e o carvalho são volumes negros contra o céu de um azul profundo, mas luminoso, com um pequeno salpicado de estrelas. Se não há luzes acesas a me distrair, a escuridão se torna diáfana.

Sento-me na varanda, com a luz apagada para que os bichos não venham, e repasso minhas ações do dia. Demorei a desbastar os rabanetes e agora já estão grandes, com as folhas duras. A raiz, em vez de se enterrar, descer e formar bulbos, transformou-se num cordão longo e avermelhado, rasteiro. Eu os plantei muito juntos, e de qualquer jeito. Da próxima vez terei que plantá-los em linha e desbastá-los em seguida, quando ainda forem apenas brotos. Fico com pena de ter feito todas essas sementes nascerem de qualquer jeito, sem saber muito bem o que fazia.

Não nasceu quase nada do que plantei no canteiro perto do pé de tangerina. Nem uma mísera semente das que ganhei de presente de minha amiga Vero, tinha tantas expectativas quanto a elas. Tampouco nasceram os girassóis. Apenas algumas escabiosas, mas já é tarde demais para que floresçam este ano, se é que o calor não vai queimá-las.

Os pássaros comeram as acelgas recém-transplantadas. E algumas, além disso, revelaram não ser acelgas, apenas chicórias que nasceram sem ser semeadas. Comprei uma rede para cobrir o canteiro maior e umas malhas plásticas que vou usar para cobrir os canteirinhos das laterais. Tenho que proteger as próximas semeaduras. Está tudo tão seco e há tão pouco para comer que os pássaros causam desastres. Bicaram até a única plantinha de abobrinha que tinha nascido.

Enquanto isso, sigo revirando a terra, sigo fazendo canteiros. Agora, depois de tudo que aconteceu.
O sonho de um lugar onde plantar árvores que durem para sempre. Fazer um jardim que dure, que se prolongue no tempo. Zapiola é um ensaio geral desse sonho. Alugar por dois anos esta casa no meio do campo, refazer-se aqui, prender-se por um tempo a isto. Não posso plantar pessegueiros nem buganvílias, nenhum arbusto perene, mas posso tentar com plantas anuais, plantas de sementes, dessas que duram só uma temporada: esta, a temporada em que vivo.
Não posso ter árvores frutíferas ou aspargos ou arbustos de framboesa ou groselha, mas posso ter uma horta, semear no outono, semear na primavera.
O ensaio geral de um jardim.
O ensaio geral de uma horta. Um lugar onde passar o tempo e começar de novo.

Agora estou cansado. A horta cansa. A noite chega e durmo em seguida. Não tenho energia para pensar em nada. Não há espaço para a ansiedade nem para a aflição. O cansaço tonteia, a terra descarrega. Para amanhã a previsão é de muito calor. Vou ficar dentro de casa, começar a ler algum romance fácil, que seja puro entretenimento, algo que não exija muita concentração. Teria de ir a Lobos comprar veneno para as formigas, mas vou ter de deixar isso para outro dia. Também teria de aproveitar a lua para semear cenouras e alho-poró. Será na semana que vem, ou na outra, ou quando a lua volte a ser minguante: da lua cheia à minguante semeia-se tudo que vá para baixo da terra; da nova à crescente, o que fica acima e seja folha; da crescente à cheia, o que fica acima e que seja fruto; da minguante à nova, não se faz nada, se espera.

Lá fora amanhece. Essa hora esplêndida do dia, já sem rastros do amanhecer poeirento, com a luz suave da primeira manhã. Tudo é fresco, celeste e túrgido. Nos canteiros ainda se pode ver as partes escurecidas pela irrigação noturna. Já diminuiu o primeiro bulício dos pássaros, e há um silêncio sereno, com cantos por cima, com zumbidos ao redor, por baixo, ruídos que servem apenas de contraste e tornam mais presente o silêncio.

Calma. Silêncio.

Ainda não choveu, mas é uma manhã perfeita.

Fevereiro

Numa horta existem duas épocas fortes para se semear: o plantio de primavera para a horta de verão, o plantio de outono para a horta de inverno. Fevereiro não é uma boa época para começar uma horta, mas é preciso fazer alguma coisa com o tempo e não estou disposto a esperar que chegue março para começar a semear brócolis e repolhos que só com um pouco de sorte vou poder comer em fins de novembro. Assim, revolvo a terra, faço canteiros, tento, experimento. Já é tarde para os tomates, para as morangas, as abóboras, as abóboras-cheirosas. Tarde para os pimentões, as pimentas, as beringelas. Em compensação, abóboras-redondas-de-tronco, vagens, chicórias e alfaces podem ser semeadas durante todo o verão, desde que não faça um calor extremo. Uma vez que cresçam, vão frutificar até que caia a primeira geada. Acelgas e beterrabas também podem ser semeadas o ano todo, no verão e no inverno. "O importante é que te mantenhas entretido", disse Ciro. De modo que eu tento, e semeio.

Em dezembro, quando vim conhecer a casa, ainda sem ter me decidido a alugá-la, no lugar em que um dia, há tempos, tinha existido uma horta, encontrei uns tomilhos e uns oréganos lenhosos, os pompons florescidos de seis ou sete pés de alho-poró e, perdidas entre a grama alta, três plantinhas de tomates que se espichavam para o alto, procurando escapar da asfixia do pasto crescido. Eram plantinhas *guachas*, filhas de tomates que tinham caído no solo sem que ninguém os tivesse aproveitado.

Quando voltei, nos primeiros dias de janeiro, já decidido e com o contrato assinado, os donos tinham mandado cortar o pasto ao redor de toda a casa, e, das três plantinhas de tomate, restava apenas uma. As pás do cortador tinham acabado com as outras duas, ainda dava para ver seus caules, desfiados a dez centímetros do solo, mas a terceira havia caído de lado e o cortador tinha passado por cima dela sem tocá-la, apenas esmagando-a, sem chegar a quebrá-la. Arranquei as ervas daninhas, limpei o terreno e removi a terra ao seu redor, agregando terra de compostagem e húmus de minhoca. Eu a protegi. A plantinha cresceu. Apareceram outros brotos, dois, três. Tinham tão pouca forma e tão pouca força que não me animei a podá-los e deixei que crescessem. E a planta continuou. Quando chegou à altura de minha cintura, nasceu seu primeiro ramo de flores. Agora já apareceram os primeiros tomates. Acabaram sendo tomatinhos um pouco maiores que os tomates-cereja, perfeitamente redondos.

Pergunto a Luiso.

São tomates chineses, me diz. Um amigo dos donos da casa tinha trazido as sementes da China quando esteve por lá fazendo turismo.

Logo os batizo de "tomatinhos chineses", e fico olhando para eles. Do ramo mais baixo pendem seis bolinhas verdes. Do segundo, um pouco mais acima, quatro. E a planta continua a florescer e a se alongar.

Luiso chega todos os dias às sete da manhã. Vem de bicicleta, deixa-a apoiada na porteira à sombra de um dos álamos da cortina. A primeira coisa que faz é revisar as aguadas, conectar a bomba, encher os bebedouros. São suas todas as ovelhas e as cinco vacas e três bezerros que pastam nos campos que me cercam. Esta casa é o antigo centro de um pequeno campo. Eu alugo apenas a casa e o pátio?, parque?, terreno? que a cerca e Luiso aluga o resto: os campos e um pequeno galpão onde guarda suas coisas. O galpãozinho fica bem pegado à horta, do outro lado do alambrado, de modo que, todas as manhãs, quando chega, ele me encontra com minha xícara de café, percorrendo os canteiros, recém-acordado. Então conversamos por um tempo, Luiso com os cotovelos apoiados sobre o último fio de arame, fumando o primeiro cigarro, eu terminando meu café em pequenos goles. Quase sempre falamos do clima, do calor e de quando pode chegar uma tempestade, pelo que dizem as previsões. Também falamos de meus planos para a horta, que é um assunto que interessa a Luiso. Me observa, pergunta coisas, me dou conta de que é para me avaliar. Luiso não se decide a formar uma opinião: não sabe se sou um citadino que não entende nada ou se realmente sei o que estou fazendo.

Eu sempre cuidava da horta com meus avós quando era pequeno, digo.

Claro, diz Luiso, e assente, como se dissesse "já vamos ver".

Atrás do galpãozinho de Luiso há uma estrada. Ali termina o campo e, em seguida, do outro lado da estrada, começa a aparecer, entre a vegetação alta, uma série de construções meio abandonadas, galpões, silos, tremonhas velhas, acoplados. Se me debruço sobre a cerca de ligustrinas e sempre-verdes, consigo vê-las. Antes, há muitos anos, me conta Luiso, funcionava ali uma fábrica de queijos. Agora toda essa parte está abandonada, e mais atrás, do outro lado do campo, instalaram um criadouro de porcos.

É por isso que, quando o vento sopra do sul, às vezes chegam até a casa umas rajadas de cheiro de porco que envolvem tudo. Cheiro de porco. Cheiro de comida fermentada. Cheiro de merda. Não é algo que me incomode. Em minha cidade, quando eu era pequeno, cada vez que havia vento sul o ar se enchia com o cheiro do criadouro de porcos de Guastavino. "O tempo vai mudar, tem cheiro de porco", as pessoas comentavam, então, na padaria. "Refrescou, viu só que cheiro de porco?", as mulheres gritavam umas às outras, enquanto varriam as calçadas.

Assim, este cheiro me faz lembrar daquele, torna mais casa esta casa, encurta a passagem do tempo.

A fauna de Zapiola (até o momento):
Um gato tigrado que vaga pelos caminhos, dorme sobre a lenha e chega perto da casa para rasgar o saco de lixo ou lamber a frigideira dos bifes quando a deixo do lado de fora para que seu cheiro não impregne a cozinha.

Duas lebres que costumam dormir entre os troncos das acácias brancas da entrada e todos os dias, logo que amanhece, pastam um pouco no caminho.

Um gambá que só vi uma vez até agora, subindo no carvalho.

Uma cobrinha amarela e preta.

Um montão de pássaros: ximangos, papagaios e umas calhandras muito intrometidas, que, diante de meus olhos, a poucos passos de onde estou, remexem no canteiro onde acabo de plantar acelga.

Uma iguana grande e velha que vive no quartinho da bomba. E outra, menor, que vive debaixo da raiz de uma árvore-do-paraíso seca. E acho que há uma terceira – ou uma quarta – que se esconde na laje atrás do galpãozinho de Luiso, perto da amoreira.

Dia de calma, dia de preguiça. Depois de tanto pontilhar e cavar, me doem as pernas, as costas. Sonolência, uma ligeira ardência nos olhos, as articulações meio inchadas, os braços entorpecidos. Não consigo me livrar do cansaço. Lá fora, sol fervente, calor inflamável. Até as urtigas secaram, não sobrou nada verde. Uma poeira sobre as folhas. Um cheiro de pasto escaldado. Só as iguanas caminham sobre a grama seca. Se me aproximo, correm rapidamente e se escondem. São ágeis e um pouco dinossauros. Nem uma só nuvem no céu. Faz semanas que não chove. Não resta outra coisa além de entregar-se ao verão: entre o meio-dia e as seis da tarde, não se pode fazer nada. No campo, e sem piscina, o verão é tempo de ficar dentro de casa, de escuridão fresca, de esperar que o sol baixe, que chegue a hora dourada, que passem as horas de fogo. A casa refresca só um pouco, de manhã bem cedo, e depois, mal aumenta o calor, é preciso fechar tudo rapidamente, para que a escuridão agarre o frescor e o mantenha.

O prazer de não fazer nada, penumbra na sesta, ler deitado no chão, as costas nuas sobre os ladrilhos frios. Esperar que passe o calor para, ao anoitecer, voltar a abrir portas e janelas, pedir que corra nem que seja um pouco de ar, que refresque.

Zapiola é um desses pequenos povoados que nunca chegaram a ser por inteiro. Uma fileira de casas em frente à estação de trem. Dois boliches/armazéns, "o do Anselmo", "o do Zito". Ao do Zito a maioria recomenda não ir, porque vende caro, a balança é "preparada" e, se achar que você é trouxa, aumenta tudo uns vinte por cento. Depois, quatro campos nus, atravessados em cruz por duas ruas de terra. Seiscentos, setecentos metros só de pastos e ervas, o horizonte todo ao redor e, do outro lado, "o outro centro": a praça, cercada por cinco fileiras de arame para que os cavalos não se intrometam; a capela com seu jardim com copos-de-leite, canas-da-Índia e margaridas; a casa mais antiga do povoado, que veio abaixo faz um tempo e agora é apenas uma pilha de tijolos; um pouco mais adiante, o açougue do Oscar e sua esposa Cristina.

Um grupinho de construções solitárias no meio do campo, sem cuidado, ao alcance do sol. Um povoado retangular e amplo, um tanto inverossímil, com mais terrenos baldios do que casas, mais vazio do que povoado. Como se alguém tivesse começado a erguê-lo com a intenção de deslocá-lo para outro lugar e logo o tivesse esquecido ali, ao sol, perto de nada, no meio da terra.

Qual é a diferença entre um terreno baldio e um campo sem cultivo? Em Zapiola é difícil saber.
As ruas espaçosas, largas, como indefesas diante da grandeza da paisagem, do sol que cai a pino. As árvores não conseguem dar sombra nem se desprender da terra.
"Lugares de má combustão", é como Alicia Genovese chama os povoados como este em um de seus poemas.

Luiso mora em Zapiola, em frente à praça, em diagonal à capela. Todos os dias, vem até a casa de bicicleta. São três quilômetros e meio, leva vinte minutos. Eu, ao contrário, prefiro ir caminhando até o povoado. Se vou pela estrada grande, a estrada real, levo um pouco menos de uma hora. Mas gosto de ir pela estrada de trás, uma estrada meio gramada, que é pouco usada. É mais alta e tem uma vista melhor, e, além disso, como quase não passa ninguém, há menos chances de se terminar envolto numa nuvem de terra. O problema é que se estende bastante. Se vou pela estrada de trás, levo uma hora e meia. Os dez quilômetros de visibilidade cheios de céu azul que a terra dá antes de se curvar. Uma nuvem só, imensa, faz sombra sobre um campo e dá a magnitude da extensão de tudo o que me cerca.

Naqueles dias, quando ainda não sabia se iria ou não alugar a casa, liguei para Ciro uma tarde e pedi a ele que nos encontrássemos.

Para quê? Não há nada novo a dizer. Nada mudou, respondeu. Sinto o mesmo que há um mês, que há uma semana. Vamos terminar repetindo o que já falamos mil vezes, vamos voltar a nos fazer mal.

Preciso falar com você. Tenho de lhe pedir um conselho, insisti.

Está bem, mas não venha até a casa.

Não, eu disse. Nunca pensaria em ir até a casa. Não poderia entrar na casa agora, não poderia suportar isso, me destruiria.

Marcamos de nos encontrar num bar. Cheguei dez minutos antes, Ciro chegou pontualmente. Por alguma razão, nesses dois meses que tínhamos ficado sem nos ver, tinha me esquecido de sua aparência, de como estava agora, da pessoa que ele era agora. Todo esse tempo, todos esses dias, cada vez que tinha pensado nele – a maior parte do tempo –, me lembrava dele como o garoto que era quando tínhamos acabado de nos conhecer: apenas um pouco mais magro, com menos músculos nos braços, com mais cabelo e com a cara mais suave, os pômulos e a mandíbula menos marcados.

Vê-lo subitamente restituído a sua idade atual me fez sentir de repente todo o tempo que tínhamos passado juntos, um grande bloco de tempo – de vida –, aí, sobre nós, atuando como a gravidade sobre nossos corpos. Isso me deixou triste.

Ele tinha comprado umas calças novas. Um modelo diferente dos jeans que usava sempre. Tampouco conhecia essa camisa.

Fica bem em você, disse a ele.

Obrigado, respondeu.

A vida seguia, e ele queria estar lindo para outras pessoas.

Pedi um café. Ciro disse que já havia tomado vários, perguntou se tinham Coca-Cola ou Pepsi. Sobre o que você precisava conversar?, perguntou.

Contei a ele que tinha visto uma casa no meio do campo, que o que pediam era irrisório, que estava pensando em alugá-la.

Quero fazer uma horta, disse.

E tuas oficinas?

Suspendi tudo, estou desanimado.

Ciro me olhou apenas por um instante.

É uma loucura, disse. Uma completa loucura. O que você vai fazer sozinho ali o dia todo?

Vou ter uma horta, me alimentar com o que colher. Também quero ter galinhas.

Ciro moveu a cabeça de um lado para o outro.

O único inconveniente, disse, é que não tem telefone. O sinal de celular não chega, para se comunicar é preciso ir até o povoado.

Ciro voltou a girar a cabeça de um lado para o outro.

O que você tem que fazer é alugar um apartamento lindo, sentar-se para escrever, terminar esses contos que já começou, montar um livro novo, disse.

Agora não posso. Não saberia como. Algo se quebrou. Não entendo mais nada. Já não consigo escrever.

Não é bom você ter largado as oficinas, disse Ciro. Você tem de dar aulas para mais turmas, montar algum curso. Você gosta disso, isso te diverte. Você tem de fazer algo de que goste e que te mantenha ocupado, que te ajude a não se enredar nas coisas, a ocupar o tempo.

Mexi o café, permaneci calado.

Preciso me reorganizar, ver como seguir, disse depois.

E você vai viver de quê?, perguntou Ciro.

Nossa casa, eu disse. Paguei pelas reformas, para construir nosso quarto, o escritório, o andar de cima.

Não posso te devolver o dinheiro agora.

O que você puder, eu disse. Mesmo que seja só uma parte, você vai depositando todos os meses.

Para sair do aperto durante essas primeiras semanas, uns amigos haviam me emprestado um apartamento que tinham para alugar. Era um apartamento com vários cômodos, num andar alto, um pouco velho, mas com muita luz e uma vista aberta para a cidade, com muito céu. Fazia um tempo que eles tinham se mudado para uma casa num bairro mais afastado. Quase não havia móveis no apartamento. Um colchão no chão, uma panela, uma chaleira elétrica. Duas ou três vezes por semana, alguém da imobiliária me ligava para avisar a que horas passariam no dia seguinte. Eu abria a porta e escutava sempre o mesmo rapaz a falar da metragem do apartamento, elogiar o tamanho dos armários e as maravilhas da calefação por caldeira. Ele quase sempre mostrava o apartamento na hora da sesta, ou do almoço, quase sempre para mulheres sozinhas que inspecionavam o chuveiro, abriam e fechavam gavetas, perguntavam onde o sol nascia, onde se punha, se o apartamento era muito quente no verão, se não entravam correntes de ar pelas janelas.

Eu teria de ver o apartamento em outro momento, com meu marido, diziam.

Também veio uma garota sozinha carregando um bebê. Olhou tudo muito por cima, só perguntou quais eram os gastos. Não falou em namorado, nem em marido, nem em seu companheiro. Ficou um longo tempo de pé em frente à janela, enquanto acariciava a cabeça do bebê. Depois quis saber se esse era o preço final ou se era possível baixar.

Eu gosto, mas para mim não dá, disse.

O rapaz da imobiliária respondeu que tudo dava para ser conversado. Perguntou se ela tinha boas garantias, um bom salário.

Mas a garota não parecia escutá-lo. Não disse nada. Voltou-se mais uma vez para a janela. Embalou o bebê e sussurrou-lhe coisas em voz baixa como se ele tivesse começado a chorar e ela precisasse acalmá-lo, mas o bebê estava muito quieto, em silêncio. Foi uma situação incômoda. O rapaz da imobiliária e eu trocávamos olhares.

É seu?, me perguntou a garota, e com as sobrancelhas apontou para as paredes, as janelas, todo o ambiente.

Eu neguei com a cabeça.

Quem morava aqui?

Uns amigos, disse.
Deve-se viver bem aqui, disse a garota.
Não é meu, tornei a dizer.
A garota concordou outra vez.
Devem ter tido uma linda vida, ela disse.

Terra na pele, terra nos cabelos, poeira nas orelhas, nos lábios, no nariz, nos dentes. O muco que se torna duro e preto. O milharal. As folhas do milho rugosas, lacerantes e ásperas como lixas. O pinicar da grama nas costas, nos braços, na nuca, quando a gente se atira sobre a grama seca. A boca seca, os olhos secos, a pele seca. Remela. As moscas abusadas que pousam o tempo todo sobre a pele, e insistem. Os mosquitos, as mutucas. A natureza exige esforço.

Amanhece. E de repente, num dado momento, entre as sombras longas projetadas pelas árvores e pela casa, a luz deixa de ser de um dourado cálido, envolvente, e se torna branca e muito dura. Nas manchas de sol, o orvalho seca num instante. O amanhecer termina sem que se possa determinar exatamente em que momento já está completamente de dia. O céu, a oeste, é de um azul claro, vibrante. Azul creme, azul de caneca de louça, azul de azulejo. Antes das oito da manhã já aumenta a temperatura.

Baixa pressão, muito calor. As formigas comeram a chicória que mal tinha começado a brotar. Desapareceram dois dos tomatinhos chineses, os que estavam mais embaixo, um deles já no ponto, quase todo vermelho – seria o primeiro tomate da temporada –, e outro ainda verde. Suspeito que tenham sido comidos por uma iguana, embora não possa provar. Mau humor nesse entardecer pesado. Silêncio espesso, desses de pouco antes de uma tempestade, mas dizem que pelo menos até domingo vai fazer muito calor e não há nenhuma previsão de chuva. O ânimo confuso. Suado, pegajoso.

Outro dia de muito calor e muito vento. Não amainou em momento algum. Tudo mais que seco. O vento retumba nos galhos dos eucaliptos, fere a luz branca da sesta. Calor impossível nesses últimos dias. As formigas comem a chicória e tudo que encontram, os passarinhos comem a acelga, a alface não cresce, os rabanetes não chegam a nascer.

Seca. É só disso que se fala. Faz mais de dois meses que não chove. "Estão faltando uns cem milímetros, e precisam cair devagar", disse um homem no armazém do Anselmo, enquanto eu comprava detergente, umas azeitonas, queijo.

Com cada viagem ao povoado, vou delimitando a pampa lentamente. Aos poucos aparecem marcos que compartimentam a paisagem e me ajudam a nomeá-la: a casa abandonada com uma árvore a crescer por dentro (que logo dá nome a esse pequeno caminho: o caminho da casa abandonada). O criadouro de frangos, o banhado dos patos, os fornos para fazer tijolo, a pequena mata de álamos prateados, o campo esse, oposto aos trilhos, que está todo tão cheio de árvores que parece um bloco de bosque cortado a faca e transportado até a pampa, como se fosse uma porção de pão-de-ló, um bosque em forma de retângulo.

O vento lambe a estrada grande, junta poeira nas valetas. É o meio da manhã, volto caminhando do povoado, alguns bifes e um pacote de açúcar na mochila. O mais difícil, sempre, é como nomear essas rajadas espiraladas, essas fumaças de terra que o vento desprende do areal enquanto o lustra e o ajusta. Torvelinhos? Pequenos tornados? Tornadinhos?

Depois, quando o vento acalma, na valeta, à margem dos rastros, restam umas minidunas estriadas impossíveis de descrever. São como dunas, mas em fotos feitas por satélite. Ou como a areia de certas praias, quando a maré baixa. Como se chamam essas ondas de terra? Duram apenas um momento e não são nada que alguma palavra que exista possa nomear.

No solo aparecem unas rachaduras grossas como dedos e com quase cinco centímetros de profundidade. Faz dias que as venho observando, ziguezagueando por entre a grama, perto da árvore-do-paraíso, da varanda, na frente da casa. Pensei que fossem túneis de formigueiros abandonados cujos tetos tivessem, por algum motivo, desmoronado. Comento isso com Luiso.

Não, me diz. É a terra que racha por causa da seca, se quebra.

Estão anunciando temperaturas sempre acima de trinta graus, com máximas de trinta e sete, trinta e oito, trinta e nove, para toda a semana que vem.

Amanhã vou arrumar algumas mudas em vasos, com acelga, alho-poró e cebola verde, para tê-los na varanda e poder cuidar deles mais de perto.

Passo as tardes regando e nunca é suficiente. Não é um tempo bom para fazer seja o que for. Com a seca e as altas temperaturas, aparecem mil pragas e tudo se torna mais difícil. Formigas, pássaros, lagartas, uma bicharada por todos os lados. Algo mordiscou o milho já alto e o cortou pela metade. Por mais que fiquem sob alguma sombra, as alfaces plantadas há quase três semanas não prosperam, continuam pequenas, ralas, vegetam ali, sem força. De ontem para hoje, as formigas lhes deram de novo uma boa surra. O sol queimou a metade das acelgas e as formigas comeram a outra metade. Só uma havia sobrevivido, medindo quase quinze centímetros. Hoje desapareceu por completo, não deixando sinal de onde tinha estado. Os pássaros? As formigas? Tenho de esperar que o pior passe e cheguem tempos melhores.

Calor além de todo limite, seca histórica. Me fecho dentro de casa a planejar semeaduras, fazer croquis da horta, da disposição dos canteiros, sonho em instalar um sistema de irrigação por gotejamento e faço todo o plano de por onde deveriam passar os canos, a cada quantos centímetros colocar os aspersores, quantos cotovelos de cano deveria comprar, quantas ligações em T, quantos metros de cano preto. Que lindo é planejar! Os problemas começam quando topo com a realidade e suas ondas de calor, suas formigas, suas pestes.

Da casa se enxergam os rastros de poeira da estrada grande, cada vez que passa uma caminhonete a toda velocidade. As nuvens de poeira se erguem e se erguem, crescem, flutuam sobre os campos. O sol queima qualquer coisa que emerja sobre a superfície da terra. À noite refresca apenas um pouco.

Durante aquelas primeiras semanas no apartamento emprestado, eu mal conseguia dormir. Umas duas horas, quando muito, a cada noite. Sonhos entrecortados, intermitentes. Dava voltas sobre o colchão até tarde, me levantava, ia ao banheiro, checava o telefone, lia um pouco, olhava, da sacada, as poucas janelas iluminadas àquela hora, ao longe, voltava a me deitar, tentava fazer exercícios de respiração, contar de trás para a frente, ficar muito quieto. Minha mente ficava remoendo. Pensava sem parar nas mesmas coisas. Tudo que tinha saído mal, o fato de não entender o que havia acontecido, não entender por quê. Tudo o que tinha de fazer: cancelar os cartões de crédito e as contas conjuntas no banco, passar as contas que estavam em meu nome para o nome de Ciro. Trocar o endereço. Me desligar de seu plano de saúde.

Pouco a pouco a luz do novo dia se filtrava através das persianas. Muito de vez em quando dava para escutar o ruído dos elevadores. Às cinco e quinze, o primeiro. Depois, mais perto das seis, gente que abria e fechava portas, passos rápidos pelas escadas. No apartamento do lado funcionava um escritório e às seis e meia chegava a mulher da limpeza. Podia escutar claramente seus movimentos através das paredes. O ruído dos pratos se chocando, torneiras que se abriam, o correr da água, o aspirador e seu zumbido.

Tomava café no mesmo bar todos os dias. Era um bar um pouco pretensioso, um bar mais de senhoras que tomam chá do que qualquer outra coisa, mas era o único que abria às sete e ficava perto, e o café era bom.

A essa hora quase não havia gente, podia me sentar sempre na mesma mesa e a garçonete trazia meu café sem que eu sequer precisasse pedir. Levava comigo um caderno de capa dura, e escrevia. Durante horas, sem parar, sem me levantar sequer para ir ao banheiro, escrevia até notar que todas as mesas ao meu redor já estavam ocupadas e havia burburinho, gente que entrava e gente que saía. Então pedia a conta e voltava para o apartamento para ver como o sol se movia em molduras oblíquas sobre o parquet nu dos quartos, do corredor.

Nunca reli esse caderno. Está ali, numa caixa que permaneceu fechada, com o resto de minhas coisas, sobre o tabuão que arrumei para que servisse de escrivaninha e que também não uso.

Com uma letra furiosa, apertada, rápida, a cada manhã escrevia em diferentes folhas, repetidamente, as mesmas coisas. Meus lamentos, minhas queixas. Os "por que comigo", "por que isto". O que eu considerava que podia ser culpa minha, o que pensava que era culpa de Ciro. Coisas que queria dizer a ele quando o visse, transcrições precisas de nossas escassas conversas por WhatsApp. As longas mensagens que lhe mandava e que Ciro não respondia. Ou só respondia às vezes, uma única linha: "É tarde. Isso faz mal a você e a mim. Cuidemo-nos. Não enrole. Vá dormir".

Você é escritor?, a garçonete me perguntou, uma manhã, e apontou para o caderno.
Não sei, respondi.
Ela começou a rir.
Como é que não sabe? É ou não é?
Não sei, voltei a dizer.
E então, o que você escreve?
Dei de ombros.
Antes era escritor, disse.

Aqui a paisagem domina tudo, tudo contamina, tudo invade, tudo é paisagem. Inclusive à hora da sesta, com a casa fechada e às escuras, é impossível esquecer disso. Inclusive sem abrir os olhos, inclusive dormindo, nunca se deixa de sentir o círculo do horizonte ao redor.

Esse grande espaço vazio.

Aqui não há lugar para pousar os olhos. Qualquer eucalipto, qualquer poste de luz são bem-vindos, porque ajudam a fixar a vista.
O mundo é tão amplo que parece não haver nada para ver: apenas céu, apenas campo, sempre iguais a si mesmos.

Procurando pelos detalhes é que começam a aparecer as individualidades, as pequenas diferenças. Se cravarmos quatro estacas no solo e, com um cordão vermelho, delimitarmos um quadrado perfeito de um metro por um metro, tudo o que até um momento antes era apenas capim começa a se separar e tomar corpo: pasto bola, grama baiana, capim-pé-de-galinha, beldroega.
E há alguns tipos de capim que não têm nome, ou eu os desconheço. Mas não importa. É como se fosse suficiente olhá-los para nomeá-los, como se isso bastasse para começar a reconhecê-los.

Aqui a paisagem domina tudo e, nestes dias, a paisagem é a da seca.

"Você se lembra de Monica Vitti dizendo: 'Não posso olhar para o mar por muito tempo ou o que acontece na terra deixa de me interessar'?", pergunta Anne Carson em um de seus livros. Deixo o livro emborcado sobre a grama, e penso.

Não, não me lembro. Vi esse filme há décadas, num cineclube, recém-chegado a Córdoba, mal havia escapado do povoado. Morava numa pensão, perto do Hospital de Clínicas. Tinha conseguido um emprego numa empresa de construção, tinha de retirar documentos velhos das estantes, abrir as pastas, os arquivos, fazer fotocópias de um por um, rotular as pastas novas e voltar a colocar a original onde sempre tinha estado. À tarde ia para a universidade. Tinha me matriculado em dois cursos: Filosofia e Letras. Estudava o tempo todo e, se não estava estudando, lia. Qualquer nota menor que nove me deixava envergonhado, feria meu orgulho. Mal conhecia algumas pessoas na cidade, ainda não tinha amigos, quase não falava com ninguém. O cineclube se chamava El ángel azul. Ia lá todas as noites e, mal regressava a meu quarto, anotava numa caderneta o nome do filme, uma sinopse detalhada, e fazia uma pequena análise de sua estrutura: primeiro ato, segundo ato, terceiro ato. Pontos de inflexão. Trama principal e trama secundária. Resolução. Conflitos.

Fazia o mesmo com todos os romances que lia: queria entender como se contava uma história, como se organizavam as cenas, como se dava sentido a elas.

Queria escrever, mas ainda não me sentia preparado.

Me parecia que antes de começar precisava saber mais, estudar, aprender um monte de coisas antes de tentar escrever, antes de dizer "eu escrevo".

Primeiro ato: colocar o personagem em cima de uma árvore.

Segundo ato: atirar pedras nele.

Terceiro ato: fazer o personagem descer da árvore.

A definição de estrutura do roteirista de *Casablanca*.

A jornada do herói: a missão de cumprir uma meta que parece impossível, com a ajuda de amigos e simpatizantes, superar os obstáculos do caminho, vencer os inimigos e aprender e se transformar para chegar à batalha final, em que tudo o que aprendeu no caminho ajuda – e se torna vital – para triunfar.

A comédia romântica: garoto conhece garota / garoto perde garota / garoto reconquista garota e vivem felizes para sempre.

A ascensão social – a busca da felicidade: de pobre a milionário / de milionário a pobre novamente / de pobre a milionário pela segunda vez, mas agora tendo aprendido a viver bem, como, por exemplo, em *Cinderela*.

O estrangeiro/estranho que chega a uma cidade é percebido como uma ameaça, sofre o rechaço inicial e torna-se: a) a fonte do terror e da vingança na comunidade – o monstro; b) a fonte da cura e da sabedoria – o xamã ou o catalisador da mudança.

A viagem a uma terra estranha e o regresso da viagem. O protagonista é enviado a um país distante – real ou de fantasia – onde viverá aventuras e aprenderá novas formas de ver e fazer no mundo e regressará a seu lugar de origem, velho e sábio, para compartilhá-las.

O triângulo amoroso. A vingança. O amigo traidor. Os amores impossíveis. Enfrentar a própria sombra. O monstro que vive dentro do protagonista. O ponto médio da trama, que prenuncia o resultado do combate final. Se, no ponto médio, o protagonista sente que tudo está perdido, é porque, no clímax, vai triunfar sobre os maus. Se, no ponto médio, o protagonista acredita estar no topo do mundo, é porque será humilhado no último capítulo ou quarta e última parte do filme.

Eu tinha medo de escrever, tinha medo de não ser tão bom – tão original, tão divertido, tão interessante, tão inteligente – como supunha que tinha de ser, como queria ser. Estava desesperado por ser alguém. Desesperado por ler uma resenha no jornal que citasse meu nome e, ao lado, mencionasse a palavra "genial". Que a lessem em Cabrera, que a lessem em minha cidadezinha.

"Não posso olhar para o mar por muito tempo ou o que acontece na terra deixa de me interessar", dizia Monica Vitti. Eu agora só quero olhar o horizonte, a planície, fixar os olhos na distância, que o campo me inunde, que o céu me preencha, para não pensar, para que aquilo que acontece em mim deixe de existir o tempo todo.

Um dia fomos comprar uma mesa para o living. Era uma mesa usada, comprada no Mercado Livre. Nós a colocamos no carro, levamos para casa e a pusemos em frente ao sofá. Sobre ela, arrumamos alguns livros, alguns enfeites, lembranças de nossas viagens: um pote de cerâmica com caracóis, uma pedra das serras, uma planta num cesto de corda.

Quando terminamos, nos sentamos no sofá, levantamos as pernas e as apoiamos sobre a borda da mesa.

Era algo que queríamos fazer havia muito tempo. Ter uma mesa no living onde pudéssemos apoiar as pernas.
Olhei para Ciro, sorri e me apoiei sobre seu ombro.
De repente, senti seu corpo ficar rígido, desconfortável. Me afastei. Olhei outra vez para ele, mas ele já não me retribuiu o olhar. Alguma coisa tinha ensombrecido o ar.
Você está bem?, perguntei.
Gosto muito de você, mas já não posso mais, disse ele.

Entender traria algum alívio: uma sequência lógica de ações, um relato, algo que leve a um clímax, uma discussão, uma crise, uma história em que as motivações dos personagens sejam evidentes.
Foi isso que faltou. Isso é o que não existe. Nada que leve ao terceiro ato. Nenhum ponto de inflexão que explique.

Naquela noite, de madrugada, me levantei, desci as escadas. A casa estava às escuras. Ciro não dormia, podia ouvi-lo dando voltas no sofá.
Não posso acreditar que isto esteja certo, eu disse, parado na metade do caminho, num dos degraus do meio.
Não posso acreditar que um casal como nós se separe assim, como se não tivéssemos sido nada além de namoradinhos adolescentes. Que não haja maneira de voltar atrás, de falar, de tentar alguma coisa.
Ciro mal se virou no sofá, levantou um pouco a cabeça.
Como é que você não conseguiu enxergar. Como não viu os sinais, disse ele.
Que sinais? Quando? O que você falou que eu não escutei? Essa tarde fomos juntos comprar uma mesa. Ontem ficamos quase quatro horas juntos olhando mesas no Mercado Livre.

Ciro ficou calado. Na penumbra, não conseguia enxergar seu rosto.

Já fiz meu luto antes, ele disse, depois.

Durante os primeiros meses, repetia para todo mundo que Ciro tinha me deixado, que não entendia por quê; que tinha sido uma decisão repentina, que me pediu que saísse de casa – de nossa casa –, que naquela noite ele dormiu no sofá, que na manhã seguinte me pediu de novo:

Sério, por favor, vá embora, não quero mais isto. Vá embora já.

Não nos separamos, ele nos separou.

Precisava falar sobre isso desse jeito. Não podia contar as coisas de outra maneira. Tinha vergonha de também ter sido responsável, de também não ter prestado atenção, de não ter dado espaço.

Me atormentava, porque esse não escutar também me tornava culpado.

As mensagens a qualquer hora, as mensagens de "como vai?", de "o que está fazendo?", que na verdade significavam "quer conversar?", "quer voltar?". As mensagens que ele deixava sem resposta.

As madrugadas pensando no que lhe diria, por quê, para quê.

Todos os e-mails que escrevi e não mandei.

"Não há ninguém mais indesejável do que aquele a quem se deixa de desejar."

Isso sou eu para Ciro, alguém a quem se deixou de desejar.

Às vezes sinto que nunca vou entender o que nos aconteceu. E que, se entendesse, o sofrimento terminaria e tudo ficaria para trás.

Às vezes sinto que entendo, que entendo perfeitamente, mas dói igual.

E às vezes penso que há coisas que nunca chegamos a entender, que ficam aí, flutuando ao nosso redor, dispostas a atacar a qualquer momento.

Que o sofrimento não acaba, apenas se afasta por algumas horas, por uns dias, depois nos toma de surpresa, inunda, derruba, que é preciso aprender a viver com isso.

Um corpo tomado pela tristeza, como se escreve?

Agora faz calor também dentro de casa. E também faz calor à noite. Não se pode fazer nada. Hoje é terça-feira e, segundo a previsão, as altas temperaturas vão continuar até sexta. Só resta esperar. O sol queima tudo na horta, no campo. Sufoca, aperta o peito. Não tenho ventilador. As coisas torram, há um grande silêncio, tudo é muito branco. São quase seis da tarde e continua fazendo calor. A terra cozida, a terra nua, a terra que se quebra em gretas. A natureza não dá abrigo. Nestes dias, Zapiola não é um lugar que envolva, que nutra. Zapiola tornou-se o áspero, o exigente. O campo não cede, tortura.

Seca e planura. A natureza se impõe. Não se pode lutar contra ela. Há que se entregar a suas regras. Entregar-se àquilo que os dias trazem. Às vezes a natureza parece castigo, involução. Só gera negligência, desídia.

Vou até o povoado para comprar carne. Os cortadores de tijolos trabalham a pleno sol. Em todo canto uma retroescavadeira que ruge enquanto escava, seus braços arranham repetidamente o fundo dos poços e levantam escombros, pazadas imensas de terra.

Acenderam um forno, e pode-se ver de longe a fumaça que escapa em fumarolas do grande bloco de barro a queimar: uma mancha escura, entre o cinza e um branco sujo, que se desprende em leque sobre o céu demasiadamente azul, sem uma nuvem.

Na volta, cruzo com Luiso, que volta de casa de bicicleta.

Vai chover?, pergunto, mostrando algumas nuvens ao norte.

Acho que não. O sol entrou limpo.

E aquelas lá?, digo, e mostro umas nuvens ainda menores, ao sul.

Aquelas pode ser, tem que ver se se forma. Talvez para a madrugada, diz Luiso.

Mas só quinze por cento de probabilidade, nada mais, respondo eu, aproveitando que no povoado tenho sinal e acabo de olhar a previsão no telefone.

Não vai chover nenhuma gota, penso.

Precisa esperar, diz Luiso. De repente, com um pouco de sorte...

Veremos, digo.

Veremos, diz.

Afinal, não chove.

Amanhece nublado. Com o tempo fresco, de novo me dá vontade de fazer coisas. Semeei umas duas fileiras de rabanetes, colocando-os bem no fundo, a um centímetro e meio, para ver se assim consigo colher algum (e estamos com a lua em quarto minguante, deveriam formar o bulbo). Também plantei agrião e transplantei mais acelgas. Protegi as plantas novas com as malhas de plástico e as acelgas com garrafas cortadas cobertas com retângulos de meia-sombra. Plantei uma fileira de alhos-porós e outra de beterrabas. Coloquei uns pedaços de vime como paradores, arqueados e cravados na terra, funcionam à perfeição para sustentar a meia-sombra. Às dez da manhã, o céu estava completamente limpo e o sol se tornou inclemente. Começo de novo a me amargar. Restam seis ou sete horas de calor extremo, de pássaros espreitando, de formigas, de seca.
Ainda não aprendi a me entregar aos ritmos e reveses de uma horta.

Lá fora andam apenas as iguanas e as víboras. Os rabanetes e a rúcula mal sobrevivem sob a meia-sombra, assim como as acelgas transplantadas, protegidas com garrafas. Também cobri com meia-sombra as mudas de alho-poró e de beterraba, embora suspeite que não vão chegar a nascer. Os únicos que parecem estar mais ou menos bem são os pimentões. As plantas de abóbora-de-tronco estão lânguidas e decrépitas. As vagens e os tomates, interrompidos.

O pasto está seco, os cardos estão secos, o capim do caminho. Tudo está seco e estático, a ponto de arder, a ponto de quebrar-se.

Baixar o nível de ansiedade, ser paciente. Já vão passar estes calores, estas ondas de calor, já virão dias calmos, dias lindos.

Tinha intenção de começar a escrever um conto, um dos que a separação deixou pela metade, mas afinal fui vencido pela preguiça, pelo "para quê", pelo "não vale a pena". Me sentei, reli alguns parágrafos, quem eram esses personagens? Por que me pareciam interessantes? Por que me importava com suas peripécias, o que teria me convencido de que era preciso me sentar e contá-las? Outra vida. Restos de outra vida.

Calor extremo. Uma tempestade branca sobre o horizonte, mas ainda não chegou. Torpor e muito silêncio na hora da sesta. Os tirantes vergam. O teto estala.
Pressão baixa.
Quando me levanto, a tempestade cobre todo o céu sobre minha cabeça. Nuvens pesadas, de um azul escuro, arroxeado, esverdeado, em alguns lugares quase preto. Muito silêncio, e lá em cima, bem no alto, acima das nuvens, ainda, trovões como um distante arrastar de móveis.
Se chega a chover, vai cair pedra, penso.

Pego uma espreguiçadeira e me sento embaixo dos eucaliptos, a observar o campo, o banhado longínquo, um bosquezinho de acácias negras e álamos prateados quase ao fundo, as folhas dos álamos movendo-se ao vento contra o fundo ominoso do céu.

Não sei de onde aparece um monte de pássaros pequenos. São do tamanho de um pardal e se parecem com eles, mas não são pardais. É um bando imenso. Voam em círculos, em forma de "S", descrevendo padrões irregulares. Centenas deles voam ao mesmo tempo, saindo dos galhos dos eucaliptos em direção à escuridão sobre o campo, fazem uma pirueta, planam, piam, batem as asas em zigue-zague, descrevem "oitos" no céu, círculos, curvas fechadas, abertas. Uma grande bagunça de passarinhos que depois, quase todos ao mesmo tempo, deixam o céu vazio e voltam a pousar nos galhos mais altos, acima de minha cabeça. Uma e outra vez: excursões ao ar quente que antecede imediatamente a tempestade, como se estivessem fazendo uma dança ritual, desenhando um feitiço no ar, traçando um conjuro com as linhas arbitrárias de seus voos.

Será uma cerimônia para nos proteger do granizo? Para invocar a chuva? Para evitar que chova?

Depois de um tempo, os passarinhos se acalmam, a tempestade se afasta rumo ao leste. O céu fica cinzento e pesado, as nuvens baixas, um calor úmido. Já não parece possível que cheguem a cair nem cinco milímetros.

Não se pode controlar uma horta e isso às vezes me exaspera. A horta não cresce a partir de meu desejo, mas da própria potência, a potência da semente, e isso se dá em meio a acidentes.

Com a escrita acontece mais ou menos o mesmo: às vezes, ao escrever, tinha a ilusão de que controlava o texto, mas na realidade tudo se dava de um modo que quase me excluía: brotava o que podia em meio a meus próprios acidentes, minha neurose, meu cansaço, minha vagabundagem, meu temor a "o que vão dizer", irão se entediar?, o que vão pensar de mim, meu medo de que não gostem do que escrevo, de que deixem o livro pela metade e não continuem. São contratempos não tão distintos da seca, ou do vento, ou do granizo. Atacam o germe. Os textos crescem em meio a isso, são modelados e feridos por mim mesmo. Alguns não sobrevivem. Outros não contam com minha ajuda. A alguns não posso ajudar a ser, não sei como escrevê-los.

Estar com outro é difícil. Estar com outro é um trabalho, um esforço. Entender, ou não entender, ou tratar de entender. O que pensamos que somos. O que o outro acredita que somos. Os desejos e as vontades próprias. Os desejos do outro. As vontades do outro. O trabalho do outro e o nosso trabalho. O trabalho em equipe: o trabalho, a parceria, a amizade, a proximidade. Desgastes, mal-entendidos, objeções. O que não se vê, o que não se ouve, o que não se quer ver, o que é tão terrivelmente doloroso que preferimos não saber.

Terei escolhido escrever porque é algo que posso fazer sozinho? Porque posso controlar tudo que acontece dentro do mundo da história, neste pequeno universo?

A trama e a intriga como uma maneira de entreter, de fazer companhia. Uma maneira de estar com o outro, mas não lhe dar a palavra, não o escutar, não fazer o esforço de tratar de entendê-lo.

Já fiz meu luto antes, disse Ciro. Fechou o livro. Decidiu não continuar.

"Escrever é uma maneira de expressar nossa necessidade de contato. Ou nosso medo do contato", leio, cercado pelo calor da tarde, num livro de Olivia Laing.

Resignado a aceitar o que a natureza impõe. Seus tempos, o clima, a seca. Às nove da manhã a temperatura já está acima dos trinta e cinco.

Abatido pelo calor. Umas quantas vezes saio para tomar uns banhos de mangueira com a água gelada da bomba. Um sabiá-do-campo atordoado avança sem rumo e, a pequenos saltos pela grama, expira o ar com a cabeça para cima, o bico aberto como um V curto, pedindo algo ao céu. Me dá a sensação de que vai cair morto a qualquer momento. Devagar, cuidando para não o assustar, abro a torneira, deixo que a água saia da mangueira e que se forme um charco sobre a grama. O sabiá fica um tempo sentado sobre o gramado molhado, como se estivesse chocando. Depois bica, escava a terra. Em seguida, levanta voo.

Luiso me conta que, no povoado, por causa do calor, uma mulher perdeu dezoito galinhas. Outra, cujo galinheiro fica ao alcance do sol, soltou todas as galinhas na praça, para que fossem para debaixo das plantas e procurassem se refrescar sozinhas. Vai levar bastante tempo para conseguir juntá-las outra vez, mas pelo menos não vai perdê-las.

E um homem que cria coelhos teve de passar a tarde inteira atirando baldes de água sobre o teto das coelheiras, mas conseguiu salvá-los. Só perdeu um, que já estava meio doente.

O sol entrando como um disco laranja perfeito e enorme por trás da pastagem amarela. Apesar do calor, a paisagem me parece bonita na calma do entardecer. A mesma paisagem todo o tempo: a mesma paisagem para os pampas e os ranqueles, para os colonizadores, para Hudson e sua família de ingleses perdidos na América do Sul, para os que construíram as estradas, para os imigrantes italianos, os bascos, para os que construíram a capela e plantaram as árvores da praça, para os que instalaram um tambo na década de quarenta e foram à falência na de setenta, para os que, na época da ditadura, vieram esconder-se aqui num rancho qualquer até que o pior passasse, para os que compraram uma casinha de fim de semana onde pudessem salvar os filhos do concreto.

A mesma paisagem sempre. A pastagem cresce, se estende, frutifica em espigas, cai, morre, volta a nascer das sementes. A natureza sempre igual a si mesma. Planura por quilômetros e quilômetros. Planura por décadas e décadas. Planura por séculos, por milênios.

O que faço sozinho aqui? O que vai acontecer agora? O que faço com minha vida? Fervo umas vagens, olho um pouco para o calendário de plantios. A casa está arrumada e limpa, é uma noite pesada, não corre ar algum, não refresca. O calendário e os planos (imaginar canteiros, imaginar hortas, imaginar futuros, planejar e erguer castelos) me distraem e a angústia passa.

Os diferentes modos de nomear em diferentes idiomas.
Esse *killing time* dos ingleses. O abismo que separa "passar o tempo" de "matar o tempo".

Essa separação de conceitos, ter uma palavra para *solitude* e outra para *loneliness*.

Acabo de jantar e escuto uns ruídos do lado de fora. Vou até a janela e vejo as luzes da caminhonete do vizinho dos porcos afastar-se pela estrada. Agora sim, estou completamente sozinho no meio do campo. Então retorna o mal-estar, o incômodo. Aparece o medo. Faz calor, os lençóis estão pegajosos. Não consigo dormir com a janela aberta. Imagino que alguém poderia entrar, me bater com um pedaço de pau, me atacar. Quem poderia ouvir meus gritos? Mal durmo e qualquer ruído do lado de fora, qualquer rangido de móveis ou o chiado das chapas do teto se dilatando me desperta em seguida e me deixa alerta. Até que, às três e meia da manhã, começa a relampejar por detrás dos eucaliptos.

Meia hora mais tarde, a tempestade chega, por fim, e refresca. Por um momento parece que vai ser apenas um temporal, mas depois a chuva se torna mansa e uniforme.

Agora são oito e meia e continua chovendo. Alívio. O pasto reverdece frente a meus olhos. Preparo um café.

Luiso está no galpão, com o rádio ligado.

Essa noite, às onze, a lua já mostrava água, ele diz.

Como é isso?

Quando a lua tem uma espécie de bruma ao redor, um halo, é que mostra água, me explica.

Agora está fresco e chove. Chove devagar na manhã azul. As folhas das árvores brilham como se estivessem envernizadas, as cores, empapadas de água, se intensificam.

Segue chovendo.

Chove calmo, chove fino.

Março

O fogão a lenha, o tupperware com queijos e linguiças em cima do balcão de granito, a leiteira com leite recém-ordenhado. Cheiro de café queimado. Café da manhã. O tio Tonito, que arrasta as alpargatas pelo chão. Os ladrilhos verdes com listras brancas, listras com ondas, como de zebra, já gastas, amareladas por anos e anos de repetir os mesmos trajetos. O caixote da lenha. O sorriso do avô. O que você já está fazendo acordado?, pergunta, para me dar bom-dia. A avó ainda está na cama. O avô vai e vem pelo corredor, da cozinha ao dormitório, cevando três ou quatro mates para ela antes que se levante. Ela os toma de lado, apoiada sobre o cotovelo, de camisola, o cabelo às vezes caótico, às vezes amassado pelo sono. A cara inchada, os restos da noite nos olhos, nas bochechas, nos vincos das rugas.

Mal se vestem, a primeira coisa a fazer é estender a cama. Cada um de um lado da cama grande: entre a cama e a janela, o avô; entre a cama e o roupeiro, a avó. Os lençóis ondulam no ar, refletem-se no espelho da cômoda, esticam-se. A mão sobre o colchão, a palma percorrendo-os, com um movimento rápido a avó os alisa. Um cobertor, outro, afofar os travesseiros, estender a colcha, que caia para os lados, de cada lado o mesmo comprimento, que fique igualzinho.

O tio Tonito sai a percorrer o campo na velha Ford azul-celeste. Vou sentado ao seu lado. Alguns cães vão atrás, na caçamba da caminhonete. Outros, correndo junto às rodas. O Cacique, quando eu era bem pequeno. Um collie parecido com a Lassie, mas manhoso, altivo. Uma vez me mordeu uma perna. Depois, mais adiante, o Colita e o Manchita, uns vira-latas, cruzas, cãezinhos encontrados pelos caminhos, caçadores de ratos.

O tio Tonito dirige muito devagar, os cães têm tempo de se divertir com covas de tatus-peludos, com lebres, com perdizes que se alçam em voos rasantes. Examinamos as bordas de todos os alambrados. Verificamos se durante a noite nenhum fio se cortou, se nenhuma vaca, nenhum bezerro escapou. Não sei se é uma atividade estritamente necessária ou apenas uma maneira de ocupar o tempo. O tio Tonito não fala. Percorremos o campo em silêncio, cada um perdido em seus próprios pensamentos. Não sei o que o tio Tonito enxerga nos sulcos, nas plantas, nas vacas, que mudanças identifica, o que significam para ele essas mudanças, essas pequenas alterações, movimentos. Eu não presto muita atenção. O significado dessas excursões me escapa. Nem me ocorre que por trás delas existe um porquê, um para quê. Para mim não é mais que um ritual, uma rotina esvaziada de sentido. Algo que tem de ser feito todos os dias.

Os cães, às vezes, ladram. Nunca, em todos os anos de que me lembro, faltou uma vaca, nem encontramos um único arame cortado, um único poste caído.

Os solavancos da estrada, o andar atravancado da caminhonete sobre os sulcos, sobre o cascalho, o tremelicar dos vidros dos quebra-ventos, no piso de lata um pedaço de solo que se vê através de um buraco. As corujas que nos olham paradas sobre um poste e giram a cabeça para seguir nossos movimentos. Entre as cascas do milho, um correr de camundongos. As sombras dos ximangos escurecendo o céu.

Depois, quando voltamos, alguns mates junto do fogão a lenha e a segunda grande tarefa matutina: percorrer a mata e os galinheiros aferrado à alça de uma lata em que se vão recolhendo os ovos frescos.

É como uma caça ao tesouro. O tio Tonito me dá instruções: que me agache e olhe embaixo da caixa da sementeira, que me esprema por entre o canavial e procure perto do alambrado, que espie dentro do tronco aberto de uma velha árvore-do-paraíso, no interior queimado de um eucalipto, sempre põem aí, no fundo há um ninho, que suba no moinho e procure debaixo da bomba, ou atrás da pilha de lenha, ou entre os fardos, ou entre os rolos de arame velho.

E descer triunfante do moinho, da árvore-do-paraíso, do eucalipto, um ovo quente entre as mãos.

Pouco a pouco o balde se enche.

Já passaram os grandes calores, o verão abranda aos poucos. Quase não se nota, mas declina. É a época das sementes. Pairam no ar as plumas dos cardos, vão longe, se espalham, se desfazem.

Meu avô chamava os dentes-de-leão cultivados de *panaderos*. Eu gostava de soprar com fúria essas pequenas bombas de penugens, até que se desfizessem por completo e flutuassem à deriva.

O outono se aproxima, agora vem a estação mais linda para a horta. A luz já mudou, somente na hora da sesta continua sendo demasiadamente branca e forte, uma luz que se reflete na terra e nos obriga a entrecerrar os olhos, contrair as pupilas.

Dia bonito. Fresco e úmido depois da chuva. À tarde vou ao povoado de bicicleta. Na ida, pego o caminho de trás, o da casa abandonada e do bosque retangular. Na volta, passo em frente dos fornos de tijolos e pego a estrada real até o criadouro de frangos, e depois o caminho vicinal, estreito e cheio de ervas daninhas, que leva à casa. Os rastros dos carros que passaram esta manhã impregnados no barro úmido das ruas. Os rastros do trator que um produtor de leite usou para retirar um tanque acoplado de leite são quase valas. Muitas poças e um leve manto de barro que se incrustava nas rodas da bicicleta e tornava o andar pesado, difícil.

Um dos pés de abóbora-de-tronco que plantei em janeiro já formou suas primeiras abobrinhas. São do tamanho de uma bolinha de árvore-do-paraíso, mas continuam a crescer.
Sopra apenas um pouco de vento. Um bem-te-vi usa o bebedouro das vacas como piscina. Primeiro faz uns voos rasantes, até que, por fim, mergulha inteiro. Sacode as penas parado sobre um poste. Ajeita-as com o bico, se arruma.

Começo a arrancar a segunda camada de rabanetes, para jogá-los fora, porque todos se debilitaram e quero plantar alfaces neste canteiro, quando deparo com uma surpresa. Debaixo da raiz vermelha e encordoada que sobressaía a uns cinco centímetros do solo, aparece um rabanete. Logo começo a encontrar mais e mais. Ao final, de um canteiro que pensava estar completamente perdido, quase a metade formou bulbo. Vinte rabanetes numa tigela renovam minha esperança e minhas ganas de fazer coisas na horta. Rabanetes superpicantes. Rabanetes de verão, alimentados com água de mangueira. Rabanetes da seca.

As vagens que plantei, e para as quais preparei uns andaimes altíssimos com hastes e cordas para que pudessem subir tranquilas, revelaram ser vagens anãs. Estava preocupado porque não cresciam e hoje vi que já estão cheias de flores, e de algumas delas já brotaram umas vagenzinhas. Dá para ver que confundi os envelopes com as sementes. As plantas são baixas, não chegam sequer aos meus joelhos, mas parece que vão render bastante. E o andaime ali, essa estrutura estranha, hastes cravadas na terra como "V"s invertidos, como armações de tendas de índios, levantada no meio da horta, de qualquer jeito.

O ar diáfano e fresco de um entardecer depois de um dia de tempestade.

Entardecer glorioso, grandes vistas, leques de nuvens brancas, quase como espirais se dissolvendo entre o alaranjado e o azul-celeste, clima fresco.

Aqui todo dia começa com o vizinho ligando o trator, às seis e meia da manhã, para ir dar de comer aos porcos, e com o barulho das galinhas no criadouro, longe, na esquina da estrada real. É um burburinho surdo, remoto, apenas um murmúrio como o de um mar com gaivotas, que vai se acalmando pouco a pouco, até restarem no ar apenas os gritos dos ximangos e dos quero-queros. Nos dias de vento nem se chega a perceber. Custei a me dar conta de que eram as galinhas. Creio que nessa hora alguém deve levantar as cortinas que cobrem, pelos dois lados, os longos alpendres cheios de jaulas. E que, com a luz repentina, as galinhas despertam e começam a cacarejar. Ou talvez seja apenas que lhes dão de comer a essa hora. O criadouro é um mistério para mim. É o único momento do dia em que se ouvem as galinhas. São galinhas brancas, *parrilleras*, gordas. Se passo caminhando pela frente, consigo apenas entrevê-las por trás de uma fileira de casuarinas. Às vezes aparecem umas penas brancas no alambrado da horta, como se o vento as tivesse carregado em redemoinho e as tivesse deixado ali, presas, como presentes, como oferendas.

Às sete chega Luiso, posso vê-lo de longe, avançando com a bicicleta pelo caminho. Preparo um café para mim e levo a xícara para a horta. Conversamos um pouco. Me conta as novidades do povoado, o que se fala sobre o clima. Peço sua opinião sobre as formigas, sobre as alfaces.

Aproveito o ar fresco e uso as primeiras horas do dia para trabalhar na horta. Ontem fiz um canteiro novo e o ladeei com uns ladrilhos velhos. Coloquei compostagem e areia para que a terra ficasse bem solta e ali plantei as cenouras e os alhos e um pouco de espinafre, vamos ver o que vai acontecer com isso. Era uma manhã tranquila, com um lindo sol que não chegava a ser quente. Não havia vento. Silêncio. Transplantei todas as ervas aromáticas para o canteiro novo. Os repolhos e as couves nasceram perfeitos e já estão quase um centímetro acima da borda das bandejas. Também os brócolis e as couves-flores. As chicórias que plantei antes da chuva nasceram ralas e, logo depois de nascer, as formigas voltaram a comê-las. Da próxima vez vou tentar plantá-las em sulco.

Almoço qualquer coisa, de pé, junto ao fogão. Como direto da panela e deixo que os pratos e os copos sujos se acumulem na pia e os lavo uma vez por semana, quando muito. À tarde, trato de dormir a sesta. Às vezes passo um tempinho na frente do computador revisando arquivos velhos. Se não, leio, saio para caminhar ou volto para a horta.

Hoje plantei delfínios e calêndulas no canteiro novo. Também transplantei acelgas e as raquíticas plantas de alfaces que sobreviveram à seca e plantei algumas delas mais diretamente na terra, entre os dois sulcos de alhos. Já não faz tanto calor, por isso decidi que a partir de agora vou deixar de plantar as alfaces em *plugs* e vou plantá-las em fileiras, bem juntas umas das outras, para depois ir desbastando-as aos poucos. Comerei as menores como alface baby e, enquanto isso, vou dando lugar às restantes, para que cresçam para os lados e se expandam.

Quando terminei de arrumar as alfaces, liguei o aquecedor e tomei um banho bem quente. Depois levei a espreguiçadeira para debaixo dos eucaliptos e fiquei olhando como o céu mudava no horizonte: do azul-celeste ao violeta, ao laranja, ao azul-turquesa. Mais tarde, desde baixo, começou a brotar uma faixa de um outro azul-celeste, um celeste mais sujo, já quase da cor da noite. As folhas dos eucaliptos estavam muito paradas. Só se escutavam, às vezes, os gritos dos papagaios acomodando-se em seus ninhos, e, quando por fim se calaram, os berros prolongados dos ximangos, chamando-se uns aos outros enquanto planavam sobre minha cabeça.

A umidade da chuva ainda dura, impregnada na terra, e se levanta do pasto, podia senti-la, nos braços, no rosto, nas pernas. O ar fresco enchia meus pulmões, roçava minhas faces.

No final, restava no oeste uma franja de fulgor laranja pálido, mas já não se distinguiam as coisas, as árvores e seus galhos haviam se transformado numa massa negra que mal contrastava com o azul que escurecia ao leste.

Me deu frio e entrei em casa.

A espreguiçadeira dormiu no sereno.

A novidade de hoje: lá fora, no caminho, floresceu o capim-dos-pampas. Seus penachos brancos ao vento, mal se movendo.

Quando a comida estava pronta, eu era o encarregado de botar a mesa e correr para chamar o avô e o tio Tonito. Nós nos sentávamos sempre do mesmo jeito. O tio Tonito na cabeceira, a avó e o avô frente a frente. Eu ao lado do avô.

O tio Tonito fazia uns poucos comentários sobre o campo. O avô assentia com a cabeça, a avó contava algo que tinha ouvido de manhã no rádio. Falavam em piemontês quando falavam coisas de gente grande e não queriam que eu entendesse.

Não tinha curiosidade sobre suas conversas, nem mesmo prestava atenção. Quando passavam para o piemontês, eu ficava ali quieto, calado, cortando o frango ou a carne em pedaços cada vez menores, pensando em algo, ou imaginando histórias para contar a mim mesmo.

O tempo passava sem sequer me agitar.

Não sei o que fazia com o tempo. Não me lembro.

Pegar a toalha, sacudi-la lá fora, colocar as cadeiras viradas sobre a mesa.

A avó lavava os pratos, o avô secava, a mim me tocava varrer o chão.

As cadeiras de laminado branco. Os anéis dourados nos pés de metal pintado de preto.

Varrer sempre na mesma ordem, começar pela despensa e ir em direção ao centro. Começar outra vez pela porta de entrada, de novo em direção ao centro. Varrer debaixo das espreguiçadeiras dobráveis que funcionavam como poltronas, varrer embaixo da janela com mosquiteiro e cortinas verdes, varrer embaixo do fogão a lenha. Afastar o caixote com a lenha, varrer, colocá-lo outra vez no lugar.

O pequeno monte de lixo que nossos passos tinham produzido durante a manhã sobre o piso verde e branco, com listras como de zebra.

A despensa cheia, a estante alta, em cima da máquina de costura. Os espanadores pendurados nos cabides. Espanador de plumas, espanadores de franjas, espanadores de tiras de retalhos. A geladeira Siam verde. A cortina-mosquiteiro. As tiras da cortina de plástico ondulando em frente à porta. O bloco de ferro para manter a porta aberta, como uma espécie de pedal ou rodapé, com uma rachadura e fendas desgastadas pelo tempo.

Enquanto a avó limpava o chão, eu tinha de levar os restos para as galinhas. O sol do meio-dia preenchendo a horta imensa. O canteiro com cebolas. As açucenas nas quais desaguava o lava-roupas. A cana-da-Índia. O agave. As ameixeiras. As vagens soltas, subindo pelos andaimes de cana, até o alambrado, até as roseiras. Os marcos de ferro com arame tecido para proteger a chicória e a alface dos pássaros. Os alhos. A pereira e o pessegueiro, o alecrim, o burrito, a verbena, o pé de romã, o loureiro gigante, suas folhas sempre meio pretas, pegajosas e cobertas de terra. Um amontoado de acelga semeada de qualquer maneira no inverno. Uma mata de funcho. No verão, melancia para o doce e uma plantação gigante de abóbora, extensa, entre verde e amarela. As gatas sempre parindo gatinhos ariscos à sombra de suas folhas grandes como boinas, como abas de chapéu.

Atirar a lata de lixo sobre a cerca de arame. As galinhas vêm correndo, não é preciso chamá-las. Cascas de batata, cascas de ovo, metades de limões espremidos, ossos de costeleta, ossos de panela, uma longa casca de laranja que ondula e se retorce. As galinhas escavam entre as barbas de milho, e cacarejam, cacarejam, olham com um olho, olham com o outro, procuram tesouros com o bico. O batimento do coração alerta replica em seus pescoços. As cristas rombudas e muito vermelhas, meio caídas, ladeadas.

As únicas palavras em piemontês que cheguei a aprender (nem mesmo sei muito bem como se escrevem, só como elas soavam para mim):

Engambará
Sgonfiar
Sbranar
Fía
Cien
Fioca (Ñoca)
Girín
Brundular
Vichoca, bachoca
Fiap
Magún

Babacio
Bunumas
Andoma (Anduma)
Farfujiar/furfuiar
Badòla.

Ontem fui a Lobos e comprei quatro franguinhas. São galinhas poedeiras, queria galinhas soltas e procurei em tudo que é lugar, mas, na cidade, ninguém mais as tem. Não me restou outra opção além de comprar poedeiras na loja de sementes. Já estão bem grandes, me disseram que em dois meses vão começar a pôr ovos. Logo que comecem a pôr, é preciso deixar de lhes dar alimento para franguinhos bebê e começar a dar a mistura para poedeiras.

Há muitas pessoas que começam a fazer isso antes, para apressá-las, mas estragam o animal, explicou-me o vendedor.

Estas galinhas estão geneticamente modificadas, me disse. Não chocam os ovos, mas você pode fazê-las cruzar com um galo e o ovo sai bom, depois você o deixa com outra galinha e os pintinhos vão nascer.

Trouxe as quatro galinhas numa caixa. Quando cheguei ao campo já era meio-dia. Tranquei as galinhas no quartinho do galinheiro, comi alguma coisa e me deitei para dormir a sesta. Num dado momento, meio dormindo, me pareceu escutar um alvoroço do lado de fora. A princípio achei que eram os berros dos ximangos trazidos pelo vento, mas depois acabei de acordar e me dei conta de que eram as franguinhas.

Corri para ver o que estava acontecendo. A iguana grande tinha se enfiado no galinheiro e encurralara as galinhas contra as chapas. A iguana mexia o rabo em forma de "S", como se fosse um crocodilo, e as galinhas, assustadíssimas, subiam uma em cima da outra, piando desesperadas em meio a um voar de penas e batidas de asa. Procurei um pedaço de pau, mas, assim que me viu, a iguana trepou na chapa e se espremeu por um buraco à altura de meus joelhos e escapuliu pasto afora. Corria com um correr pré-histórico, um correr espasmódico, o rabo ziguezagueando, superveloz, para um lado e outro. Eu a persegui enquanto ia a toda velocidade em direção à pilha de lenha, mas ela foi mais rápida, chegou antes e já não houve jeito de encontrá-la nem de fazê-la sair.

Não sei se queria comer as galinhas ou se estava atrás de ovos. Meti as galinhas numa caixa e as trouxe para dentro de casa. Esta noite dormem comigo.

Tapei com uma chapa o buraco por onde a iguana havia se metido. Soltei as galinhas no galinheiro e elas parecem estar bem. Seja como for, sigo intranquilo. Trabalho na horta e a cada dez minutos vou checar, para que nada aconteça. Me deito para dormir a sesta e mal consigo pregar o olho. O tempo todo, o ouvido atento aos ruídos.

Pela manhã, bem cedo, o orvalho deixa ver as finíssimas teias de aranha entre os trevos e a relva que cerca as abóboras. São como gaze, pequenas e intrincadas.

As abóboras não frutificam, florescem muito, mas não vingam. As ervas daninhas ganharam a batalha e as cercam e apertam, as flores emergem apontando para o alto. Nublado.

A beterraba nasceu toda desigual, a salsinha não brota, o coentro está ralo, a rúcula se encheu de pústulas brancas no dorso das folhas, uma única batata brotou do canteiro inteiro, os passarinhos comeram as acelgas. Me aflijo, me desespero.

Quisera que tudo fosse mais simples: trazer as galinhas, que ponham ovos; jogar sementes, que brotem todas, que os canteiros sejam perfeitos, que não haja contratempos.

Mas não, é preciso esperar que as galinhas cresçam, protegê-las da iguana, dos gambás, rezar para que sobrevivam, esperar dois, três, vá saber quantos meses. É preciso se habituar ao fato de que metade das semeaduras vai falhar, de que não vai chover, de que as plantas vão adoecer, de que vão aparecer bichos.

Tento fumigar as abóboras com água de diatomácea, mas o pulverizador entope uma, duas, três vezes. Eu os odeio, odeio as abóboras, odeio o pulverizador. A vida se torna pesada e escura. Tudo me sai mal, tudo é uma merda. Atiro a água assim, de qualquer jeito, que se fodam as abóboras, que façam o que quiserem, que os estúpidos bichos verdes as comam.

Me irrito com as plantas, como se fizessem isso comigo de propósito, como se a culpa fosse delas.

Um punhado de pequenas coisas que me deixam de mau humor. O mundo é feito de contratempos e coisas que não funcionam e fracassos na horta e lamentações.

Por que não posso simplesmente me conformar com estar aqui, com ter uma horta? As formigas comem as acelgas, bem, a coisa saiu mal, logo plantarei outra vez, virão outras estações, estou começando...

Não. Quero tudo já. Tudo agora. Tudo crescido. Tudo perfeito. Para quê? Para quem?

Diminuir a ansiedade. Diminuir a ansiedade.

"A vida é feita de trivialidades", diz Barbara Pym numa entrevista que li ontem.

A opção, claro, não é "esta merda não vai me vencer", nem é "tudo é um fracasso e nada serve", mas deveria ser algo na linha de "paciência, é a primeira vez, estou aprendendo, logo virão outras hortas, a seca já vai passar, etcétera, etcétera, etcétera".

Paciência, paciência. Já vai passar. Paciência.
Tatuar isso no dorso da mão para vê-lo sempre.

Há coisas que funcionam: o feijão-vagem frutifica sem parar e torna a florescer. Colho todos os dias, aos punhados. A colheita acumulada de dois dias dá para uma boa salada com ovo duro. O tomate segue crescendo e dá mais flores e já há tomatinhos maduros. Ontem cortei dois e há outros dois para amanhã. E, para a semana que vem, já há outro cacho com cara boa.

"A casa é tão parecida comigo que é como falar comigo mesmo. Minha própria companhia me entedia", leio num livro sobre Cy Twombly.

Esta casa de Zapiola é parecida comigo? É uma casa velha, dos anos trinta ou quarenta. Tem uma cozinha escura que dá para o leste e recebe um pouco de luz do sol somente de manhã bem cedo. Uma espécie de living ou sala, com uma salamandra, uma janela coberta por um bastidor de vidros repartidos, uma porta-janela que dá para a estrada. Dois quartos. O dormitório do lado sul é o lugar mais fresco e úmido da casa. O segundo dormitório, onde instalei minha escrivaninha e toda a minha biblioteca, recebe o sol da tarde desde a hora da sesta até o anoitecer. É ali onde supostamente deveria estar escrevendo um conto neste mesmíssimo momento, e em vez disso estou aqui, atirado no sofá, rabiscando rapidamente estas notas em meu caderno.

    A primeira vez que entrei nesta casa tive a sensação de que entrava na casa de alguma tia-avó. Um lugar acolhedor, cálido. O mais bonito são os pisos da cozinha e do living: pedras calcáreas que formam desenhos losangulares, em tons marrons e ocres, uma viagem direta àqueles pisos de casas que em minha infância já eram relíquias. Além disso, como toda casa velha, os alicerces não têm capa isolante, a umidade sobe pelas paredes desde o solo, manchas amarelas que lentamente se expandem pela brancura, o reboco descascando, areia que cai junto aos rodapés soltos.

    Percorro a casa de um quarto a outro e minha mente faz um ping-pong enrolada sobre si mesma, pensando sempre as mesmas coisas, detendo-se nos mesmos erros, nas mesmas dores, no que poderia ter feito para que tudo tivesse sido diferente, etcétera, etcétera, etcétera.
"Um animal demasiadamente solitário devora a si mesmo", diz Sara Gallardo.

    Por momentos, sinto que necessito ver gente, mas quem regaria a horta se eu desse uma escapada a Buenos Aires? Quem daria de comer às galinhas? Quem poria veneno para as formigas? Quem espantaria os pássaros à hora da sesta? E, além disso, eu não poderia. Com quem me encontraria? Terror de cruzar com Ciro numa esquina qualquer, que algum de meus amigos me conte que o encontrou em tal bar, que está saindo com alguém, que o viram conversando com um garoto.

Não é fácil estar só. Ou tornar a estar só. É outra das coisas que tenho de aprender.

Cavar, revolver a terra, arrancar ervas daninhas, abrir sulcos, levar carrinhos de mão cheios de terra de um lugar a outro, procurar galhos para proteger o que foi plantado, colocar redes, ir ao canavial para conseguir cana. Regar, regar, correr a mangueira de um lado para o outro. Voltar a revolver a terra, voltar a cavar, construir outro canteiro. Tudo se resolve no fazer.

Ontem, tarde da noite, de madrugada, alguma coisa que se movia lá fora me despertou. Ruído de chapas, movimentos. Um gambá no galinheiro, pensei. Fui lá ver, com uma lanterna, e não encontrei nada. As galinhas dormindo no chão, tranquilas, com o pescoço encolhido entre as asas e espremidas num canto, umas contra as outras, como se estivessem com frio. Faz dias que coloquei umas varas para que possam subir para dormir ali em cima, mas ou ainda não conseguem voar ou ainda não descobriram como fazê-lo.
Depois voltei para a cama, mas já tinha perdido o sono. Mil pensamentos dando voltas em minha cabeça. No silêncio da noite, o motor da geladeira. Não conseguia abstrair e deixar de escutá-lo. Cansaço e vontade de não prestar atenção naquilo.
Acabei dormindo muito tarde e acordei tardíssimo. Agora são nove horas, já tomei dois cafés e ainda não consegui expulsar a modorra do corpo. Preguiça. Pouca vontade

de trabalhar. O dia amanheceu fresco e sem nuvens, mas agora levantou outra vez um pouco de vento sul e já ficou nublado de novo.

Examino a horta. Lentas, mas seguras, as zínias estão por florescer, vão durar até cair a primeira geada. Já é alguma coisa. As abóboras, lindas, continuam aumentando, crescendo, alongando-se. O alho-poró, as escabiosas, a arruda e a *ciboulette* que transplantei um dia desses ao canteiro novo parecem ter se arraigado e não ter maiores problemas. Na bandeja de *plugs*, crescem fortes os repolhos coração-de-boi e as couves kale Red Russian. Também nasceram as alfaces. Amarro aos suportes os brotos novos da planta de tomatinhos chineses e o cheiro fica impregnado em minhas mãos. É um de meus cheiros favoritos no mundo inteiro.

Transfiro os repolhos para vasos individuais e acabo de preparar o canteiro novo. No canteiro grande, onde antes estavam as batatas que nunca prosperaram, semeio favas e ervilhas. Colho a terceira leva de rabanetes. Muito melhor que a primeira, mas, de novo, como com a segunda, somente uns cinquenta por cento chegaram a formar bulbo. Continuo a suspeitar que é porque tinham pouco sol e tiveram que se esticar para conseguir mais luz.
No canteiro de ladrilhos, os alhos já começam a despontar. O espinafre nasceu lindo e uniforme.
A planta de tomates chineses segue dando sem parar. O feijão-vagem anão, em abundante colheita.

Vento sul o dia todo. Amanheceu assim, apenas amainou um pouco à tarde e ainda agora sopra, quando já se faz noite. Dia fresco, mas com sol. Secou bastante a umidade de ontem. O vento ululando entre as árvores.

Saio para dar uma volta de bicicleta até o povoado pelo caminho do bosque retangular, voltando pela estrada grande. Os oleiros desmontando um forno, carregando um caminhão com tijolos até o topo. Entardecer bonito, cinzento, agora sim parece um dia de outono. Ao regressar, o vento contra, a bicicleta pesada. E, apesar de tudo, essa sensação de liberdade, de espaço aberto, do ar na cara, do vento fresco e do céu azul plúmbeo, do sol aceso, laranja. Cansaço agradável. A amplitude da pampa.

Às vezes me perco. Me esqueço de que agora sou isto. O andar devagar pelo caminho de trás, o caminho gramado e alto, por onde nunca passa ninguém. Sair a passear no entardecer de uma tarde bonita. Os ruídos de todas as aves do banhado. Bichos que se movem entre as ervas. Silêncio.

Quando consigo sair do zum-zum de minha cabeça e da obsessão por ver a horta funcionando e consigo olhar para fora – para o horizonte distante, para as nuvens, para o modo como a vegetação vai mudando no caminho –, Zapiola é a calma. Algo de seu exterior se reflete dentro de mim. Algo em mim se dissolve. Um pouco de vento fresco. O sol que pinica um pouco. O canto dos pássaros. A quietude. Algo de tudo isso me serena.

Tenho de deixar que o campo me preencha e me ensine. Tenho de aprender a olhar e tratar de não me impor.

Viver no meio do nada também é um pouco uma claustrofobia. No povoado ou na cidade pode-se sair, encontrar outras pessoas, entrar em contato, esquecer os problemas por algum tempo ou, no mínimo, encontrar alguém com quem conversar sobre eles, algo de alívio. Aqui, estamos sós na paisagem.

A paisagem como espelho. Em tudo que é ruim e em tudo que é bom.

Dar-se tempo.

Puro horizonte ao redor. E, de tanto em tanto, a linha reta interrompida por uma mata de árvores, eucaliptos, árvores-do-paraíso e álamos para fazer lenha. Olmos, acácias, uma ou outra palmeira.

Como quando se traça uma linha com nanquim e um bico de pena velho, a tinta escorre, engrossa formando grumos, pequenas alterações, erros naquilo que pretende ser horizontal, achatado e perfeito: matas distantes / moinhos / montículos / lugares onde vive gente.

Um tumulto alto de eucaliptos, uma meia-lua de ciprestes e casuarinas, um cinturão de densos canaviais cingindo por trás a mata de árvores para lenha, a roda de um moinho que surge por cima.

Os canaviais funcionam como muralha, tornam a região uma fortaleza. Para além dos canaviais: potreiros e a pampa aberta. E, do lado de dentro, o espaço seguro, a contenção em que convivem casas, galpões e galinheiros, os arados velhos que enferrujam embaixo das árvores-do-paraíso, as galinhas soltas que escavam e constroem ninhos, o pomar, a horta, os agaves, o fosso do lixo, os alpendres, o tanque, os silos. O refúgio e suas rotinas.

A hora da sesta era, para mim, a hora da liberdade. No resto do tempo sempre havia algum adulto por perto, cuidando, controlando o que eu fazia, mas, durante a sesta, com meus avós dormindo e a casa às escuras, fechada para manter o frescor, não precisava nada além do que ficar de pé sobre a cama, levantar a persiana muito lentamente, rogando para que não fizesse nenhum ruído, e, depois, pular para fora da casa.

Nunca fui travesso, não fazia nada muito estranho, era apenas um menino muito calado e míope que se dedicava a olhar as coisas muito de perto. Percorria esse mundo contido entre a meia-lua de canaviais como se fosse um velho parque de diversões abandonado: me debruçava sobre o tanque australiano para ver se algum sapo tinha caído ali dentro; pulava por entre os arados e as semeadeiras abandonadas no meio da mata – erupções de líquens cinzentos, cor de cobre e água-marinha salpicando os metais enferrujados e opacos há décadas, o capim crescendo entre as lançadeiras e as grades –, tornava a revisar, um por um, os ninhos dos galinheiros que tinha visitado com o tio Tonito pela manhã; procurava entre os sacos de milho moído para ver se encontrava alguma ninhada de ratos, subia na mangueira do brete, abria e fechava as duas grandes folhas de madeira do cepo.

Dava uma volta pelos galpões, pela ferraria: das paredes e do teto pendiam formas de ferro incompreensíveis, caixas, peças de reposição, pneus, calotas, molas, frascos cheios de parafusos, de porcas, de arruelas. Tudo era levemente misterioso e convidativo. Eu gostava de brincar sozinho entre essas coisas esquecidas, cobertas de terra, volumes acumulados em celeiros, em galpões, no quartinho das tralhas, encostados às paredes descascadas, empilhados. Gostava de passar um tempo ali, examinando, imaginando o que haviam sido, para quê as tinham usado, quem tinham sido seus donos, que histórias escondiam.

Para mim, o mundo exterior era um tédio puro e simples. Nessa época, pelas tardes, depois da sesta, quando meus avós se levantavam, cabia a mim trabalhar intramuros, na horta, revirando a terra, arrancando as ervas do meio das alfaces e das acelgas, transplantando cebolas ou alho-poró, com minha avó, os dois de joelhos sobre a terra. Às vezes conseguia escutar o rugido distante dos tratores nos campos, das vacas que mugiam nas aguadas, mas em geral o espaço além dos canaviais e dos ciprestes não me chamava a atenção. As excursões ao exterior eram com o tio Tonito, nunca sozinho. E não era tanto o exterior o que me interessava, mas sim ir com ele, a velocidade da caminhonete, a paisagem movendo-se e desfilando devagar. Essa espécie de sem-fim em que se transforma o horizonte visto da janela de um carro. A procissão de campos, becos, descer para abrir e fechar porteiras, chamar os cães, vê-los tomar água com a língua enfiada nos bebedouros.

Não recordo em que momento meus gostos mudaram. Não recordo em que momento comecei a sair sozinho. Talvez não tenha sido nada além da passagem do tempo. Talvez o descobrimento da planície teve a ver com crescer, deixar de ser uma criança.

O dia em que descobri o prazer de ir além dos canaviais e caminhar sozinho pelo campo aberto.

Nos entardeceres de inverno, enquanto a avó passava roupa sobre uma manta encaixada na ponta da mesa da cozinha, eu deixava para trás o canavial, avançava pelo caminho, pulava um alambrado e me dedicava a caminhar pelos campos de aveia verdíssimos. Ao longo do campo, o verde azulado da aveia contrastando com as nuvens baixas do céu cinzento. O vento no rosto, o olhar perdido no horizonte. Semicerrava os olhos para que o horizonte não me cruzasse em linhas. Estava extramuros e *by myself*, como dizem os ingleses. Uma forma de estar e ser em si mesmo. Eu na paisagem. Eu na planície. Sem ajuda, mas também em contato.

    Era um espaço onde podia encontrar a mim mesmo. Era um espaço onde podia me ler.

    O início de uma conversa com a paisagem.

No horizonte, entre o banhado e a pequena mata de álamos prateados, assentava-se um manto de névoa branca, como um esfumado.

    A sutileza dos pássaros. Parecem todos iguais, é quase impossível vê-los. Dá para escutá-los, mas como identificar qual deles está cantando? Como juntar o som à sua imagem? São fugazes, móveis. É difícil saber onde estão. Por momentos não são mais que uma trilha sonora e já não lhes prestamos atenção: animais convertidos em ruído branco.
    Depois, de repente, tornam-se vozes de fantasmas, trinados sem corpos, mistérios entre os sonhos da sesta.
    Sobre o gramado muito verde, aparece abandonada a pele seca de uma pequena víbora.

Sou um homem que toma sol sem camiseta. Deitado numa lona sobre o gramado. Sol de março, sol de sesta. A umidade sobe da terra. Passa um aviãozinho.

As plantas prosperam na horta. Tudo cresce, reverdece, o sol ainda esquenta, mas já não queima.

Apenas um pouco de vento. Um mundo de coisas muito quietas. Imóveis. O floreiro cheio de zínias. Um beija-flor vem explorar as sálvias. As acácias negras já têm suas vagens: espremidas nos galhos, pendem um pouco frouxas, um pouco ridículas. Ainda não escureceram, são ternas, recém-nascidas, cor verde-maçã, brilhantes, quase fosforescentes. A árvore-do-paraíso também, carregada de bolinhas novas. Uma a uma caem as folhas da amoreira.

O pasto pavimentado pelas folhas secas dos eucaliptos.

Vento na parte mais alta das copas das árvores. Embaixo, quietude. Sente-se o vento na parte de cima, na ponta dos galhos, mas, embaixo, nada se move. Somente as folhas da palmeira fênix de vez em quando roçando a chapa do teto do quartinho. E o mastigar das vacas, perto, no campo. Ouvir como arrancam o pasto enroscando-o com a ponta da língua. Enrolam um bocado de pasto, arrancam, mastigam lentamente. Uma ou outra mosca a incomodar.

Bichos-do-cesto nas verbenas.
Poeira assentada sobre as folhas.
Rastros de pássaros no areal do caminho.

Não há nada mais lindo que os e-mails longos, com muitos parágrafos, e-mails que não parecem e-mails nem gratuitos, mas que parecem cartas enviadas por via aérea, juntando a maior quantidade de informação no mesmo envio, a comunicação espaçada no tempo, espaçada simplesmente porque a carta tem de percorrer um espaço.

    Gostaria de poder descrever melhor Zapiola. A casa. O campo que a cerca. O caminho de trás. Gostaria de contar isso para alguém que more longe, em outra província, em outra paisagem, em outro país. Um e-mail bem longo que fizesse com que quem o receba, ao lê-lo, pudesse ver Zapiola de verdade, como se estivesse aqui, como se as palavras fossem Zapiola, como se as palavras fossem isto.

    Na página escrita, porém, uma paisagem não é a paisagem, mas a textura das palavras com que a nomeamos, o universo que essas palavras criam.

    Viver a paisagem é uma experiência primitiva que não tem nada a ver com a linguagem. Não me atrevo a descrever uma paisagem a menos que queira contá-la a outro que não a conheça, e em geral prefiro dar apenas alguns detalhes, porque sei que, no fim, é uma tentativa impossível.

    Vivo a paisagem com a vista, com a pele, com os ouvidos, mas não a coloco em palavras. Nem sequer tento. Ou tento somente aqui, para mim, palavras-chave para não esquecer. Palavras-porta que dentro de dez, quinze anos, quando o tempo passe, me abram à lembrança de meu corpo movendo-se por estes lugares, às sensações e sentimentos desta época de minha vida.

    Primeiro há um nomear íntimo, descuidado, batismos como marcos para compartimentar a paisagem e domá-la: o caminho da casa abandonada, o caminho do bosque retangular, a pequena mata de álamos prateados. Formas de colonizar a pampa com etiquetas.

Somente quando aparece o outro é que começamos a nomear de verdade. A separar a paisagem em partes. A prestar atenção ao que é mais significativo, quais os dois ou três elementos-chave que seria preciso mencionar para que o outro possa reconstruí-la: categorizar, priorizar, selecionar. Todas, maneiras de descrever, de colocar em palavras *para o outro*, para que o outro, de alguma maneira, mesmo vicária, possa fazer parte da experiência.

Replicar a experiência na linguagem, ainda que a linguagem não transmita a experiência.

Que ler a descrição do caminhar pelo campo aberto seja como caminhar pelo campo aberto.

Virginia Woolf, procurando reproduzir em suas sentenças o ritmo de seus passeios. Adjetivos como curvas, advérbios como encostas, subordinadas como desvios, assonâncias e cacofonias como dejetos à beira do caminho.

Misteriosamente, esse contar a paisagem, que a princípio parece condenado ao fracasso, também termina engrandecendo a paisagem. Tentar nomeá-la me obriga a olhar em detalhe, olhar em profundidade.

Às vezes há coisas que, se não as nomeamos, não existem: uma determinada nuvem, uma determinada árvore, uma determinada erva.

Nomear a paisagem também dá um certo/falso sentido de propriedade.

Lua em quarto crescente. Apenas uma casca no céu do oeste. Um cão late lá fora. Às cinco, os galos começam a cantar.

Está fresco e, embora recém estejamos em meados de março, o dia já desponta como de pleno outono. O pasto brilhante de orvalho. Durante a noite, a casa conservou o calor, e todos os vidros amanheceram embaçados por dentro.

Freixos amarelando. Primeiro suas folhas se tornam verde-maçã. Depois ficam completamente amarelas. Bolas amarelas. É uma das coisas mais lindas do outono.
As acácias também começando a ficar marrons.
Muitas plantas de capim-dos-pampas florescidas. Seus penachos brancos se perdem ao longe.
A grama do caminho forrada de folhas secas. A cortina de álamos da entrada vai, aos poucos, se tornando menos densa. Já quase não produzem sombra. Puro sol através de seus galhos.

"Essa tristeza natural trazida pelo final do verão", diz, em algum lugar, Félix Bruzzone.

Embora essa horta "de janeiro" fosse sobretudo um experimento para satisfazer minha vontade e ocupar o tempo, também me serviu para aprender que é preciso acompanhar as estações. Não querer impor um ritmo à natureza, porque a natureza tem seu próprio ritmo.
Também aprendi que aqui a terra é dura e argilosa e, para que tudo seja mais fácil, é preciso agregar a ela muita compostagem, matéria orgânica e areia. Aprendi que nesta região as batatas não se dão bem, que é preciso semear as plantas no momento certo, que é preciso proteger tudo contra os pássaros, que para as formigas até se pode tentar usar arroz quebrado, mas só o que funciona de verdade é o

veneno, que não se pode plantar as abóboras num fosso mas ao rés do chão e depois é preciso amontoar terra ao redor dos troncos, para que fiquem mais altos que o nível do solo e a água da irrigação não se estanque e os seque.

De novo os rabanetes se saíram mal. Desta vez creio que é porque eu os semeei à sombra e se "afinaram" buscando a luz. Não formaram bulbos sob a terra, apenas os talos se espicharam e se espicharam, cordõezinhos fúcsia, vermelho forte.

Outra coisa que aprendi: é preciso plantar os rabanetes em sulcos, a pleno sol, com a lua em quarto minguante, e desbastá-los logo que for possível.

A rúcula também está vingando.

Com tanta umidade, as folhas secas dos álamos começam a apodrecer no solo, e, de um cinza pontilhado de pequenas manchas, passam a ser marrom escuras, quase pretas.

As folhas amarelas da acácia caem sobre o pasto bem verde. São lâminas, como moedas que flutuam e são levemente arrastadas pelo vento.

As folhas de eucalipto caem girando sobre si mesmas, muito verticais e lentas.

As franguinhas crescem e estão a meio caminho entre ser pintinhos e ser galinhas. Umas verdadeiras adolescentes. Suas penas já estão vermelhas, mas em certas partes, embaixo, como remendos, ainda se pode ver a penugem suave e amarela, que vão perdendo aos poucos. Enquanto isso, parecem uns pássaros magros e meio sarnentos, um pouco raquíticos, um pouco desengonçados. Torpes e assustadiços.

São quase nove horas e o sol não sai. Neblina intensa. Rodeado de neblina. Coberto por neblina. Envolto em neblina. Vivendo na neblina.

Não se toma conhecimento das vacas. Não se pode vê-las, mal se ouve seu ruminar tranquilo, no meio do campo.

Os eucaliptos gotejam. O orvalho se acumula sobre suas folhas, desliza, cai em gotas irregulares: uma aqui, outra ali, com um ritmo aleatório, japonês, ou sem ritmo.

Ressoam sobre o teto de chapa completamente molhado, o cinza do zinco escurecido.

As pombas voam caladas. Só se consegue adivinhá-las pelo zumbir das asas no ar branco, leitoso.

Mal se escutam alguns pássaros.

Os papagaios ainda não. Os papagaios são do sol.

Todas as páginas do livro que estou lendo ficam onduladas. Os cantos se dobram para cima.

Não faz frio.

Teias de aranha na araucária, cheias de gotas de orvalho.

Abril

Sesta. Cheiro de Raid na cozinha e o zumbir entrecortado das moscas que vão morrendo aos poucos, com as patinhas para cima, sobre o marco da janela, sobre a toalha de plástico, sobre os ladrilhos e o balcão de granito.

Fecho os olhos, fico um pouco mais na cama, mas não consigo sossegar a cabeça. Por mais que esteja cansado, não consigo dormir.

Me levanto, abro o computador, clico no ícone para iniciar um novo arquivo. O cursor pisca solitário no canto superior esquerdo, o resto da página é de um branco translúcido e elétrico. Lá fora não corre nem um pingo de vento. Na casa só se escuta a agonia das moscas. É uma tarde amena, de sol deslumbrante. De repente, um ruído no pátio. Um rangido alto e uma batida forte que retumba na terra. Saio para ver o que está acontecendo. Do nada, um imenso galho de eucalipto veio abaixo. Ao cair, arrancou alguns galhos do freixo e por apenas meio metro não destruiu o alambrado do curral das ovelhas.

Arranco ervas do canteiro da entrada e planto mais rúcula, escabiosas, um pouco de mostarda, coentro, salsinha, transplanto uns alhos-porós pequeninos, umas cebolas que brotaram num cesto da cozinha.

Luiso chega e fica olhando para o galho caído.

O eucalipto é assim, não avisa, diz. Durante a tormenta não cai, e depois, parecendo muito bem, vem abaixo. Aconteceu o mesmo com uma mulher do povoado: saiu para abrir a porteira e um galho de eucalipto caiu em cima dela.

Foi esmagada?

Luiso nega com a cabeça.

Não, por dez centímetros, diz. O que é o destino, quando chegou a tua vez, chegou a tua vez. E quando não chegou, não chegou.

E depois, o que aconteceu?

Nada, não aconteceu nada, me diz Luiso. Depois a senhora mandou cortar todos os eucaliptos.

Luiso vai revisar o alambrado e eu me ponho a semear uma segunda leva de repolhos, brócolis e vários tipos de couves numas bandejas de *plugs* e começo com três mudas de alface nova onde tinha plantado o agrião que nunca nasceu.

Enquanto semeio, penso que se o galho de eucalipto tivesse esmagado a mulher seria uma história (o começo de uma história, ou o final de uma história, ou o ponto culminante do terceiro ato de uma história), mas, como não a esmagou, é apenas uma anedota: isso não é suficiente para se escrever um conto.

No meio do velório de meu avô, meu irmão sussurrou em meu ouvido: pede ao Juanca que te conte a viagem do Demarchi.

Que história é essa do Demarchi?, perguntei ao meu primo.

Ele me fez um sinal para que o seguisse até a cozinha, longe dos grupinhos de velhos que falavam em voz baixa e da roda de mulheres rezando o terço.

Meu primo me contou que Demarchi tinha uma irmã que teve um câncer e morreu. As filhas do Demarchi eram pequenas e não entendiam o que tinha acontecido e ficaram muito tristes, de modo que Demarchi sentou-se com elas um dia e disse-lhes que não se preocupassem, que a tia tinha ido para o céu e que lá de cima as olhava e cuidava delas.

Demarchi ficou muito afetado pela morte de sua irmã. Estava mal, mal, precisava mudar de ares, havia dias em que nem sequer podia se levantar da cama, então decidiu ir para o norte, de férias, com as duas filhas e a esposa, em sua caminhonete F100.

A F100 é uma draga, consome muitíssimo, disse meu primo, por isso Demarchi foi devagar. Iam parando: Tucumán, Salta, umas paisagens, uma beleza. Chegaram a Jujuy e a esposa pensou que, já que estavam ali, tinham de andar no Trem das Nuvens. Demarchi pesquisou numa agência de turismo: cada passagem saía um monte de dinheiro, e eles eram quatro. Para que gastar um dinheirão se havia uma estrada e com a F100 podiam subir sem problemas?

Levava-se um dia inteiro para chegar, mas isso não importava, tinham tempo. Assim, saíram cedo, dispostos a subir a montanha e chegar num ponto tão alto quanto o trem chega. Subiram e subiram e subiram. Subiram tanto que num dado momento começaram a sofrer do mal da montanha. Para Demarchi era como se um elefante tivesse colocado uma pata sobre seu peito, pensou que ia ter um ataque, pensou que ia enfartar. O nariz de sua esposa começou a sangrar. Os ouvidos das meninas doíam.

Já vai passar, já vai passar, não é nada, dizia-lhes Demarchi enquanto subiam cada vez mais alto, até que chegaram a um ponto em que as montanhas se incrustavam nas nuvens e ficaram envoltos pelas nuvens e estavam rodeados de nuvens e de um ar úmido e de uma bruma cinzenta que podiam tocar com as mãos, assim, simplesmente colocando o braço para fora da janela, uma bruma que de vez em quando se abria e de vez em quando se tornava espessa novamente.

O que é isso?, perguntou uma das meninas.

São as nuvens, respondeu Demarchi.

E então...

Viemos encontrar a tia que foi para o céu?, perguntou sua outra filha, enquanto uma pequena poça de sangue começava a se formar na concha de cada orelha.

De repente, no meio do velório, soltei uma gargalhada. Foi a piada da tarde. Arrastávamos cada um que chegava para a frente de meu primo e o fazíamos escutar o que havia acontecido com Demarchi.

E, depois do enterro, quando voltamos para casa, todos cansados e tristes, e alguém abriu a geladeira e começamos a beliscar queijo e azeitonas e sobras do dia anterior, e íamos repassando aos poucos o velório, quem tinha ido, quem não tinha podido chegar, quem mandou lembranças, quem estava muito envelhecido, a quem não havíamos reconhecido, vez por outra aparecia em nossa conversa a piada de Demarchi.

A vez em que Demarchi subiu ao Trem das Nuvens numa F100 e as meninas acharam que estavam indo para o céu visitar a tia morta.

Um jeito de nos falarmos, de dizermos a nós mesmos o que por pudor não conseguimos.

Já somos crescidos. Nos daria vergonha consolarmos uns aos outros com a ideia de que o avô foi para o céu, então contamos a nós mesmos a história de Demarchi: um modo de nos acompanharmos, de nos consolarmos, de aliviarmos a dor e o sofrimento.

Falamo-nos com histórias, com piadas, com contos.
Uma forma de não falar.
Uma maneira de fazermos companhia uns aos outros.

Amanhecer com neblina. O dourado do sol se esbate no ar. O orvalho revela uma teia de aranha entre os cardos, teias menores sobre a grama.

Dia de preguiça e de não fazer nada e de se entediar um pouco. Volto a tentar a sorte com outro dos contos que tinham ficado pela metade. Me sento e tento por algum tempo, mas em seguida me dou por vencido. Não encontro o tom, não encontro o narrador. Visto da primeira sentença, o conto parece um monte terrivelmente alto, algo que nunca conseguirei escalar, muito menos chegar ao pico. Antes podia fazê-lo, mas não agora. Algo se quebrou, ainda não estou preparado. Não estou pronto.

Levo a espreguiçadeira para perto do galinheiro, solto as galinhas e fico olhando para elas. São galinhas que nunca viram sua mãe, que nasceram em incubadora e, no entanto, sem ter a quem imitar, imediatamente agem como galinhas: seus movimentos, seus costumes, sua forma de escavar o solo, de levantar a cabeça, sua maneira de se alarmar com as mínimas coisas. São divertidas e bastante estúpidas.

Depois de escavar por um tempo entre as folhas secas, uma delas encontra um besouro grande, levanta-o, preso no bico, e corre para longe. Não quer dividi-lo com as outras, tampouco pode comê-lo. Quando consegue se afastar um pouco e ficar sozinha, deixa o besouro cair e começa a bicar sua carapaça, uma, duas, três vezes, como se quisesse quebrá-lo. Olha-o e volta a bicá-lo, sem sorte. No final, engole-o inteiro, e quase se pode ver o volume do besouro baixando pelo interior de seu pescoço, o besouro vivo que lhe chuta o bucho e caminha ali por dentro e se move. A galinha engasga um pouco e depois segue como se nada tivesse acontecido, escavando o pasto com as patas e bicando qualquer coisa que encontra.

Hoje colhi a primeira leva de espinafre. As alfaces que plantei em sulco se descontrolaram, nunca as desbastei e choveu demais. Eram um tumulto e estavam quase passando do ponto. Cortei bastante. A planta de tomates tomates-cereja chineses segue dando e dando.
Muita rúcula, muita alface, muitos tomates.
As zínias ainda florescem.

Enquanto janto, um vento gelado se levanta, quase do nada, e refresca. Venta a noite inteira.
Nada mais perturbador do que o vento à noite.
Amanhece e continua a ventar.
Me faz lembrar Cabrera. Num dia vento norte, vento sul no dia seguinte. Sempre vento, vento constantemente, vento o tempo todo.

Os dias de vento me esgotam, me desanimam, me fazem pensar enrolado, me deixam de mau humor.

Preciso que alguma coisa se aquiete, pelo menos por um momento.

Em Lobos, compro um pouco de comida para o gato selvagem que vive na pilha de lenha e a deixo num prato, junto à porta da cozinha. Ouço-o comer enquanto leio deitado na varanda. Este discreto ranger de seus dentes triturando as bolinhas de alimento seco. Apareço e o gato foge. *Psss, psss, psss*, chamo-o, e o gato para à distância, na altura da tangerineira, e fica olhando para mim. Deixo-lhe um pratinho com leite e volto a ler. Logo o escuto de novo. Outra vez apareço, outra vez ele escapa. Chamo-o, ele para, me olha. A cena se repete três ou quatro vezes. Está com fome, mas ainda não confia em mim a ponto de se aproximar e comer em minha presença.

Solto as galinhas e deixo que saiam para passear um pouco fora do galinheiro. Escavam entre as folhas caídas dos eucaliptos, escavam a terra úmida debaixo das hortênsias, escavam entre a relva seca. Movem-se para trás com as patas e inclinam a cabeça para a frente, até baixá-la ao nível do solo. Se escutam algum ruído, giram a cabeça, atentas.

Quando volto a prestar atenção, meteram-se na horta e escavam entre o tomilho e o orégano. Eu as espanto, mas são insistentes. São galinhas mansas: como se eu fosse um galo disposto a montá-las, quando me aproximo logo se põem de cócoras e se achatam contra o solo. Levanto-as, carrego uma em cada braço. Elas vão muito quietas e tranquilas, com a cabeça erguida, olhando tudo dessa altura nova. Enquanto caminho para o galinheiro, acaricio seus buchos com a mão. Debaixo das penas suaves, o bucho é uma bola granulada, só um pouco menor que uma bola de tênis. Com a ponta dos dedos posso sentir a textura do milho partido, dos bichos e das pedrinhas, todo seu alimento matutino.

Por hoje basta, já comeram o suficiente, digo a elas, enquanto as ponho para dentro.

"Cada família tem sua própria coleção de histórias, mas nem toda família tem alguém que as conte", diz Lyn Hejinian. Eu tenho minha avó.

Às vezes, no inverno, quando já não havia mais nada a fazer e lá fora a tarde estava cinzenta, plúmbea, e um frio gelado baixava sobre o campo, na casa pequena, iluminada, em meio ao vento, a avó tirava a caixa das fotografias da prateleira mais alta do armário. Era uma caixa de papelão, quase cúbica, que alguém, talvez minha mãe, há muito tempo, havia forrado com um tecido cheio de flores azuis, muito pequenas. Dentro dela, soltas, havia centenas de fotos velhas. Fotos pequenas, de 5 × 9 cm, com uma moldura branca que as enquadrava, e as bordas dentadas, a maioria ligeiramente arqueadas para cima, empenadas. Fotos do tamanho de postais, algumas coladas num papelão mais duro, outras soltas, quase sempre de bebês recém-batizados. Fotos com as bordas comidas, com manchas de fungos brotando como grandes gotas, ou vergões de cor sépia salpicados sobre a superfície amarelada. Fotos maiores, geralmente dentro de uma espécie de pasta de cartolina com capa, recoberta por uma folha de papel de seda, ou papel manteiga, tão quebradiço e seco que dava medo de tocar. Em geral eram fotos de homens e mulheres recém-casados (nas mais antigas, as noivas nem sequer usavam branco, mas sim um preto sóbrio) ou fotos de bodas de prata, bodas de ouro. Casais ali, o homem sempre sentado, a mulher de pé, um pouco mais atrás, as mãos apoiadas sobre o espaldar da poltrona, envelhecendo lentamente. Fotos que haviam cruzado o oceano, a única lembrança dos pais que tinham ficado enterrados na Itália, dos irmãos mortos, dos irmãos perdidos.

A avó se sentava na ponta da mesa, colocava os óculos, pegava uma foto ao acaso, olhava para ela levantando um pouco o nariz para acessar a parte de baixo dos bifocais e me contava quem eram.

Este é o tio Bauta no dia em que voltou do serviço militar, dizia, e me passava a foto.

Estes eram uns amigos do nono que vieram um dia, de visita. Não me lembro como se chamavam. Eram de Cañada de Gómez.

Aqui estávamos numa carneada no campo da tia Anita. Este na ponta é o avô, ao lado dele está o tio Mingo, o tio Pirín, ali embaixo o finado Ángel Alberto, mais para lá o tio Francisco.

E este aí, quem é?, eu perguntava, apontando para um homem sorridente, ao lado da mesa, que erguia uma garrafa vazia como se fosse uma espada ou um troféu.

A avó tornava a pegar a foto, estendia o braço, colocava-a mais perto, depois mais longe. Levantava e baixava a cabeça para ver pela parte de baixo ou de cima das lentes.

Desse não me lembro, dizia. Deve ser um que trabalhava com a tia Anita.

Eu tinha minhas fotos preferidas dentro da caixa. Enquanto a avó falava e me contava as histórias desse monte de desconhecidos que era nossa família, eu revolvia entre as pilhas de fotos, passando-as com dedos rápidos, até encontrar minhas favoritas.

Esta é a foto do batismo de Mario e estas aqui são do dia do meu casamento, dizia a avó.

Aqui estão as fotos de quando a nona completou oitenta anos: nós festejamos no galpão grande, que recém tinha ficado pronto, repare como dá para ver que as paredes eram novas. Teu avô tinha terminado de pintar o galpão naquela semana, para que estivesse pronto na hora da festa.

Cuidado, devagarinho, me dizia depois, enquanto eu procurava mais fotos na caixa.

E estes, quem são?, eu perguntava, e lhe mostrava a foto de cinco homens vestidos de preto, com trajes cruzados e *sombreros*, posando muito sérios perto de um arroio, escopetas e pistolas nas mãos, um barranco de pedra e ervas secas às suas costas, uma mistura de gângsters e Velho Oeste.

A avó pegava a foto entre as mãos, olhava para ela apenas um instante, sorria.

Esses são os tios Giraudos.

E por que estão com revólveres?, eu perguntava, já sabendo perfeitamente a resposta.

As escopetas devem ser de verdade, mas me parece que os revólveres eram de brinquedo, dizia a avó.

Aonde iam? Iam a uma festa?

Não, não, não, a avó negava com a cabeça.

Foi um dia em que veio o fotógrafo e eles se disfarçaram de pistoleiros.

Por que se disfarçaram?

A avó dava de ombros.

Eles eram assim, dizia. Eram divertidos, eram brincalhões.

E esta?, eu perguntava, e lhe passava outra foto.

Esta foi num dia em que terminávamos a debulha. Nessa época juntava-se o milho em feixes e depois vinha a debulhadora. Essa aí sou eu, que era a menor. A que está mais atrás é a tia Teresa, e aquele agarrado na roda é o tio Tonito.

Lá fora a escassa luz do sol da tarde se apagava lentamente. A avó ia até a horta arrancar umas cenouras, colher um pouco de acelga. Lavava-as sob um jorro forte de água fria. Eu ficava sentado na ponta da mesa, pegava as fotos em preto e branco, uma a uma, e, embora já as conhecesse de memória, voltava a olhá-las calado, por muito tempo, lentamente.

Havia algo que me maravilhava nessas fotografias velhas, como se, em vez de virem de um tempo antigo, viessem de um espaço distante: outra terra, outro mundo, outro universo. Um lugar onde seis cavalos negros puxavam as carroças dos enterros, onde a praça de um povoado era uma moldura alambrada, sem árvores e no meio do nada, e a igreja era uma igreja solitária erguendo-se entre o pasto curto, ralo, quieto.

Ia separando as fotos uma a uma em diferentes grupos, conforme quem aparecia, ou conforme o ramo da família. E depois, dentro desses grupos, escolhia alguém, algum personagem, e fazia pequenas pilhas com suas fotos. A pilha do tio Bautista, a pilha da tia Catalina, a pilha de algum dos tios Giraudo, embora me fosse difícil diferenciá-los e sempre acabava por misturá-los. Guardava o resto das fotos na caixa e, sobre a superfície lisa do laminado branco da mesa, ordenava com muito cuidado as fotografias do personagem escolhido, uma junto à outra, em ordem cronológica, como se fossem peças de dominó: batismos enlaçando-se com primeiras comunhões, primeiras comunhões com aniversário de quinze anos, ou com fotos em uniforme de militar, de soldado, de granadeiro. Homens jovens, em farras de solteiros, junto a fotos de casamento, alguma foto de lua de mel, o casal quase sempre em cima de uma pedra das serras, e depois, em seguida, as fotos de famílias que cresciam: primeiro só um bebê no colo da esposa, depois um menino numa cadeirinha e outro bebê no colo. Sempre um bebê no colo, à medida que, ao redor, iam se somando meninos e meninas cada vez mais altos, com trajes e calças curtas, com fitas pretas no cabelo, garotas com vestidos cheios de laços, garotões de bigode e *sombrero*.

Enquanto a avó preparava a comida e o vapor das panelas se acumulava na janela da cozinha, eu repassava bem devagar, uma a uma, a progressão de imagens que formavam uma vida, como se estivesse estudando um texto muito complexo. Fixava o olhar em cada detalhe, em cada sorriso, cada chapéu; olhava e memorizava a vida do tio Bauta, ou a da tia Teresa, a vida de meu avô ou a do tio Tonito. Os sapatos, os fundos pintados com paisagens de palmeiras das fotos de casamento; os braços que se apoiavam sobre o ombro de um amigo; a ligeira perturbação de uma mulher enquanto recolhe o avental, fotografada entre galinhas; o gesto de um bebê sozinho, virado de barriga para baixo, sobre uma mesa; as assinaturas, os selos dos fotógrafos: Casa Bedolla, com uma caligrafia de traços dourados, que dava mil piruetas e no final desenhava um ornamento; o lugar, bem perto do canto, em que um triângulo do tapete que cobria o chão havia se dobrado, deixando ver o piso de terra do estúdio improvisado no meio da planura.

Até que a avó dizia:

Bueno, chega, agora guarde as fotos. Vá chamar o tio Tonito, vá chamar o avô. O jantar já está pronto.

Sigo colhendo tomates. Uma abobrinha sobrevivente. Uma pequena abóbora. Dois pepinos.
A alface nasceu bem. A mostarda. A acelga. Nasceram bem o coentro e a salsa. Folhas secas de álamo sobre o terreno semeado. Debaixo de uma das folhas caídas, as sementes são apenas brotos pálidos e tenros, alongados e retorcidos. Junto as folhas secas uma a uma e levo-as para a composteira, para que os brotos se endireitem e cresçam.
As formigas negras comeram todos os cotilédones das calêndulas, será difícil que germinem outra vez. Nasceram bem as couves Red Russian, mas as couves-flores quase não brotaram.

As noites já são frescas. O campo, aqui, não é como em Córdoba. Aqui o outono não significa seca e cores pálidas. Aqui o outono é orvalho e umidade. Neblina de manhã. Tudo reverdece.
Noite clara e diáfana, cristalina. Muitas estrelas. Lua em quarto crescente. Lua entre as acácias. Luz de lua prateada ou azulada.

Definham os últimos restos de verão. As zínias encolhem. Os tagetes secam. As vagens agonizam. As plantas de abóboras-de-tronco, já velhas e fracas, cobrem-se de oídio, assim como as de pepinos. Arrancar pela raiz. Cortar talos, raízes. Jogar fora sem lamentações. Deixar lugar para o novo. Viagens e mais viagens de ida e volta à composteira.

Deixo apenas as zínias, mais fortes, que ainda florescem. Seguir o ciclo.

Época de cortar lenha para o inverno e guardá-la sob um teto, para que termine de secar e nem o orvalho nem a chuva a deixem úmida. Está fresco e faz sol, mas no céu há grandes nuvens que por momentos o escondem por completo. Dia de outono. Ontem à noite choveu bastante, de modo que, na horta, está tudo úmido e caído.

Acontece que o gato selvagem é uma gata. Ontem dois gatinhos miavam no monte de lenha. Depois, um deles, totalmente preto, passou correndo em direção ao eucalipto. Tentei agarrá-lo mas não consegui, era rápido e arisco. Escapuliu-me por entre as mãos. Não são tão pequenos. Procurei por eles a tarde toda, mas não tornei a vê-los.
Pergunto a Luiso se sabe de algo.
É raro que cheguem a crescer, me diz. Aqui, os ximangos costumam comê-los logo que nascem. Qualquer descuido e eles os agarram em pleno voo e os levam.

Um gatinho caminhando pelo pasto, a sombra de uma ave de rapina que o sobrevoa, as garras cravando-se na pele de suas costas, um gatinho levantando voo.
Se isto fosse um conto, seria o início de uma linda aventura: uma ninhada de gatinhos, numa expedição ao pântano, com o objetivo de resgatar um irmão sequestrado.
Ou um gatinho que escapa do ximango malvado, a aventura de voltar para casa superando milhares de obstáculos e fazendo amigos pelo caminho.

Uma das poucas coisas que Luiso odeia de verdade é o vizinho. Toda vez que pode, fala mal dele. Queixa-se do fedor dos porcos, queixa-se do barulho da máquina com que mói o milho, queixa-se das moscas, diz que deixa tudo sujo, que não faz nada além de juntar ratos, que os cães mataram uma ovelha sua, que não lhes dá de comer e eles vêm perturbar os bezerros.

Sempre me pareceu escutar, nas entrelinhas, outros motivos, brigas mais antigas, insultos, ofensas que eu intuía mas que Luiso não chegava a falar com todas as letras.

Esse cheiro de porco o dia inteiro já vai acabar, disse-me ontem, antes de ir, e apontou com a cabeça para o lado do vizinho.

Por quê? Ele vai vender os porcos?

Não deve faltar muito para que vá à falência, disse. No povoado as pessoas comentam, se queixam de que não lhes paga, que costuma maltratar os empregados, nunca duram muito.

Eu concordei. Não disse nada.

Não é a primeira vez que isso acontece com ele, disse Luiso. Já levou à falência a fábrica de queijo que tinha herdado do pai. Noutra época criava frangos e também faliu. Aí começou a comprar cereais, comprava e vendia no câmbio negro, pagava em sessenta, noventa dias. Até que um dia não o vimos mais, desapareceu com o dinheiro, quebrou. Deixou um bando de velhos sem receber, mas vá tentar cobrar dele. Não é boa pessoa. Por isso não mora mais aqui, mudou-se para Lobos e vai e volta todos os dias.

Pensei que morasse aqui, disse.

Não, não, mora em Lobos. Não viu que toda vez que sai ele agarra para aquele lado com a caminhonete? Como vai viver aqui se ninguém gosta dele no povoado? É uma pena, porque tem filhos pequenos. Agora está metido com os porcos, mas isso não vai durar, já deve ter feito alguma cagada outra vez. Eu sei o que estou falando. Eu o conheço, é casado com uma irmã minha.

Não sabia, Luiso, que era teu cunhado. E tua irmã, o que diz?

Luiso deu de ombros.

E o que você quer que ela diga, trabalha como uma burra, diz que ele tem má sorte.

Esta manhã, bem cedo, acordei com uns gritos. Lá fora mal começava a clarear, fazia frio. Me assustei, me vesti rápido e saí para ver o que estava acontecendo. O vizinho tinha deixado a caminhonete com o motor ligado em frente à porteira. Xingava. Arrancava tufos de grama e os jogava em pleno ar, dava chutes no para-lama e batia no capô da caminhonete com os punhos fechados.

Estou cagando para Cristo e a Virgem santíssima, gritava. Que merda eu fiz? Que merda eu fiz, pode me dizer? Estava sozinho. Os cães andavam em círculos ao seu redor, latindo.

Por que não me dá um câncer! Por que não me dá um câncer e leva tudo à merda de uma vez!, gritava o vizinho.

A putíssima que o pariu mil vezes. A puta que o pariu, dizia.

Um cão respondeu aos seus gritos com um ganido, outro foi mijar na caminhonete.

Fora! Fora!, e o vizinho atirou neles um pedaço de pau. Fora, cachorros de merda!

Santo Cristo e a boceta da Virgem, ele disse.

Manhã de sol e vento frio, cortante, na cara. O céu sem uma nuvem. Frio. O rumor do vento nas poucas folhas que restam nos álamos da entrada. Quando já não tiverem nenhuma, os álamos vão fazer silêncio.

Faço dois canteiros pequenos perto do alambrado. Planto mais acelga e mais calêndulas. Escabiosas. Delfínios. Ervilha de cheiro e mais escabiosas junto à composteira.

As moscas do outono são pesadas, lentas. Meio tontas por causa do frio, incômodas.

Muitas mutucas na hora da sesta. Picam forte.

Ainda há mosquitos.

Esta é a época em que as formigas comem tudo. Começam a se preparar para o inverno.

Uma das melhores coisas deste verão foram as zínias. Os tagetes e as capuchinhas. Flores que definitivamente vou voltar a plantar quando o inverno passar.

O cheiro que sobe das folhas das cenouras quando remexemos procurando qual arrancar primeiro.

Uma pequena ilha de carquejas florescidas à beira do caminho.

No campo, ainda mais no outono ou no inverno, uma casa sempre é um refúgio. Sente-se no corpo a imensidão que a cerca. Uma casa no campo tem a forma de um grande silêncio. O interior é um interior cálido. Luz de tungstênio. Cheiro de torrada e café com leite.

Quase não havia livros na casa de campo de meus avós. Uma Bíblia, alguns catecismos, um livro de Mariano Grondona, outro chamado *Los argentinos somos así*, de uma autora de que não me lembro. E, empilhados numa estante do armário de meu quarto, entre lençóis e toalhas dobradas, pacotes de velas e folhetos da última exposição agrícola da Sociedade Rural de Río Cuarto, alguns livros velhos da primeira coleção Billiken, de quando minha mãe era pequena. Adaptações resumidas de *O príncipe e o mendigo* e de *Oliver Twist*. Uma espécie de biografia de San Martín chamada *El sable del libertador*, e outra de sua filha Merceditas.

Eu os lia e relia.

Nos tempos de tédio, nas longas sestas do verão abrasador, nas longas noites do inverno frio.

E, também, as *Seleções do Reader's Digest*. Meu avô era assinante, elas chegavam pontualmente, todos os meses, o jornaleiro as entregava em mãos, junto com a revista *Chacra*, *La Voz del Interior* e, aos domingos, *La Nación*.

Seções da *Seleções*: "Ossos do ofício", "Rir é o melhor remédio". O resumo de algum livro: sempre um alpinista com um pé preso entre as pedras ou uma família trancada dentro de um carro, à mercê de ursos assassinos que cravam as garras sobre o capô e atravessam a lataria com as unhas, ou bandos de motoristas execráveis que perseguem uma mulher que cruza o deserto sozinha, à noite, com todos os vidros do carro fechados e o ar-condicionado estragado.

Acho que foi aí, em algum artigo de *Seleções*, onde li isso pela primeira vez: bio-grafia significa a linha da vida.

Bio-grafia: o desenho, a forma que a linha da vida desenha ao desdobrar-se no papel/tempo.

O tempo de uma vida como um desenho que lentamente, dia a dia, vai se formando sobre uma folha em branco.

E a responsabilidade de que essa linha construa algo: uma forma harmônica, organizada, coerente. A responsabilidade de que crie um desenho.

Ansiedade e responsabilidade diante de cada decisão. Cada decisão será um ângulo a definir um perfil ou um traço no desenho que formará nossa vida.

E agora, enquanto revolvo a terra e transplanto cebolas, começo a ver que não gosto do desenho que minha vida vai formando, ou que é outro, diferente daquele em que acreditava. Ou será que não tem nenhum sentido?

Um desenho cheio de arranhões, de rasuras, de passos em falso, de planos que se desfazem, projetos abandonados, pessoas amadas que deixam de amar, que dizem chega, anda, vai para longe.

Manhã de tempestades pontuais. Grandes nuvens altas e esponjosas no céu. De repente fica encoberto, a luz muda. O céu fica completamente nublado. Que palavra mais linda: "encapotado". Nuvens cinzentas, baixas, muito juntas, espremidas. De tanto em tanto pode-se entrever suas bordas, e atrás, mais acima, pode-se ver as manchas de um céu mais claro, azul-celeste.

Como do nada um vento se levanta, um repente, um trovão, um relâmpago. O céu escurece. A tempestade dura cinco minutos. Depois o sol sai e brilha, embora tibiamente.

As plantas caídas depois da chuva. As ervas daninhas vencidas pelas rajadas, pesadas de água.

Tudo brilhante. As cores brilham contra o azul de chumbo da tempestade que se afasta.

Cheiro de cachorro molhado. Cheiro de coisa fechada e de umidade dentro do roupeiro, dentro da casa.

Saio um pouco até a horta e aproveito para transplantar todos os repolhos da primeira leva. O resto é arrancar ervas. Seguir levantando plantas mortas ou doentes. Revolver a terra para fazer outro canteiro.

Algumas pombas ululam em três notas. Outras, em cinco. Gostaria de saber mais sobre pássaros. Houve uma época em que as árvores eram para mim como os pássaros são agora: árvores, só um amontoado de árvores, uma massa informe de árvores. Prestava pouca atenção a elas e podia reconhecer umas poucas, as mais fáceis, as mais populares: árvores-do-paraíso, plátanos, freixos – porque havia freixos nas ruas de Cabrera. Quando comecei a estudar botânica e seus quadros taxonômicos, pouco a pouco comecei a reconhecê-las e a individualizá-las. Cada uma, um nome; cada uma, uma particularidade, uma espécie. O mundo, literalmente, foi se ampliando diante dos meus olhos.

Gostaria de poder dispensar a mesma atenção aos pássaros, para que não sejam apenas "pássaros". Mas são rápidos demais, tendem ao movimento constante, ou estão sempre longe demais.

Por enquanto só reconheço os carcarás, os ximangos, os pardais, os sabiás (embora suspeite que exista mais de uma variedade de sabiás), os anus-brancos (em Córdoba os chamávamos de *urracas*), os cardeais (até agora só vi um), os tordos, as corujas, os pombos-torcaz e os pombos comuns, os tesourinhas, os bem-te-vis ou *bicho feo* e os pica-paus.

    E os papagaios, claro.

    E as corujas.

    E os quero-queros.

    Arroz refogado com cenouras, tomates, pimentões, a última abóbora-de-tronco. Fora o arroz, tudo da horta.

    Me intriga muitíssimo esse campo que chamo de bosque retangular. Cada vez que vou ao povoado, fico olhando para ele. No meio da pampa lisa, forma uma moldura apertada de árvores, como um bloco retangular apoiado sobre o campo plano. Uma cortina de álamos *criollos*, espigados e rígidos, delimita suas paredes e torna bem definidas suas bordas. E dentro dele, por detrás das muralhas de folhas, mais árvores, só árvores, espessas e densas a ponto de torná-lo impenetrável à visão. Há uma porteira, para o lado do povoado, mas nunca se vê movimento nem rastros de carros, e o caminho que surge do outro lado está cheio de um mato alto, como se nunca passasse ninguém, como se o lugar estivesse abandonado.

    Me intriga também porque me parece bonito. Pode-se vê-lo de longe, já desde o caminho gramado: o sol do entardecer pegando em cheio sobre um bloco perfeito de árvores no meio do nada.

    Nesses dias, além disso, todos os álamos estão amarelos. E dentro parece haver carvalhos, ou bordos. Árvores que ficam muito vermelhas, como labaredas, como fogos acesos.

Pelo caminho em frente de casa passa um homem numa moto.

Pouco depois, outro homem, a cavalo.

Muito movimento na área.

O ruído constante do triturador de milho do vizinho. Ele o deixa ligado por uma hora, quase uma hora e meia. É um bramido monótono, estridente, que ressoa pelo campo e se expande. Depois, num dado momento, quando o ruído já é quase insuportável, para. Entardecer. O vizinho desliga o triturador. O silêncio se torna denso, com muitas camadas, misturado com o ruído longínquo de algum carro que passa pela estrada, o canto dos pássaros, o ranger dos galhos, o vento nas folhas. Aos poucos tudo se torna azul e impreciso. À distância, as árvores são massas de cor violeta, as bordas irregulares, cheias de volumes e fiapos. Já é quase completamente noite. Ao longe veem-se as luzes de Cañuelas, de Lobos, uma fosforescência leve, iluminando as nuvens e formando uma cúpula rosada ou de um laranja esmaecido. Na rede, quieto, ouço ruídos às minhas costas. Estalos. Passos no pasto seco. Levanto-me bem a tempo de ver uma das lebres passar a meu lado dando pequenos saltos, muito tranquila, em direção ao campo na frente da casa.

Depois sai a lua. Cheia, gigante, bem alaranjada, potente, encoberta apenas por uma camada de nuvens que, diante de sua luz, torna-se tão tênue como neblina.

Maio

Dia fresco. Amanhece com vento. À noite a casa estava realmente fria. Dormi vestido e com a estufa elétrica ligada.

Acelgas grandes, prontas para desbastar, aquelas que sobreviveram às formigas. Segunda leva de repolhos e couves kales e brócolis atrasada, mas crescendo num ritmo bom, alguns já com uma terceira folha. Nascimentos díspares. O repolho Red Express demora quase o triplo de tempo dos outros para brotar. Já o tinha dado como perdido quando, por fim, começou a aparecer.

Folhas de eucaliptos e de magnólia secas sobre o pasto muito verde.

As folhas de magnólia, duras e brilhantes, amarelas, marrons.

Cascas de eucaliptos longas e secas sobre o pasto. Árvores que se esfolam, que crescem ao preço de rebentarem lenta e imperceptivelmente para o lado de fora. Como se fossem lêmingues, empurram a própria pele em direção ao precipício.

A falsa parreira já quase sem folhas. As poucas que lhe restam são de um vermelho intenso, acobreado. Seus caules nus como um fluxo de artérias e veias entrecruzadas sobre a parede do pequeno galpão. Ficaram expostos os cachos de uvas mínimas, fracas e ralas, negras como uvas passas, mas do tamanho das bolinhas das semprevedes. Todas as tardes vêm um tordo e uma pomba e bicam uvinha por uvinha. Vem também um passarinho que sempre anda no meio da lenha, um desses que não sei como se chamam.

Essa moleza dos primeiros dias frios. Quando não sabemos se o corpo é que ainda não se acostumou às novas temperaturas ou se é o começo de uma gripe. Sonolência. Ardência nos olhos. Vontade de ficar na cama até que chegue a noite outra vez.

Agora, com o frio, o mundo parece estancado. Os dias são curtos. Às seis da tarde já escurece. Na horta, tudo cresce lentamente. As primeiras acelgas de desbaste, bem novas. Lavo-as sob a água da torneira, refogo-as rapidamente, com um pouco de alho, em azeite de oliva. Esse gosto que as acelgas sempre deixam na boca, como de ferro em pó arranhando os dentes.

De repente, parece que faz anos que só uso calças compridas, mangas compridas, pulôver, jaquetas de frio, anos de não sentir o sol sobre a pele, mas as bermudas continuam ali na cadeira, desde a última vez que as vesti, há três semanas. O inverno desacelera.

Acordo às quatro da manhã. Uma grande lua minguante sobe no horizonte. É apenas uma unha de cor laranja-pálido contra o céu negro. Laranja como o laranja das luzes de tungstênio.

Ao amanhecer, o sol se acende.
Errante e rubro, mas em silêncio.

Movimentos no vazio. Os percursos diários, as trilhas que marcam o pasto de tanto ir e vir à horta, tanto ir e vir para dar de comer às galinhas. Leio que, segundo Corita Kent, um dos propósitos da arte é alertar-nos a respeito das coisas que podem ter passado inadvertidas. Essas trilhas, esses movimentos através do ar, a cada dia. Esses rastros. Essas pegadas.

O primeiro Juan, o pai de meu avô, chegou à Argentina em 1915 ou 1917. Vinha da Itália, da região do Piemonte, próxima dos Alpes. Era um camponês, filho de camponeses, neto de camponeses. Sua família – a nossa – vivia numa pequena aldeia situada no flanco das montanhas e se dedicava a cuidar do gado e a cultivar uvas. Nunca tinham ido a Roma, tampouco a Turim. Apenas umas poucas vezes tinham descido a pé até Cúneo.

O primeiro Juan não falava uma só palavra de espanhol, tampouco de italiano. Só falava um piemontês fechado, escuro. Quando desceu do navio em Buenos Aires, era apenas um adolescente. Seus pais já tinham falecido. Um tio padre tinha-o obrigado a viajar: ele lia os jornais e tinha contatos, sabia que a guerra era iminente, se ficasse na Itália iria morrer.

O primeiro Juan não conhecia ninguém na Argentina, não sabia o que fazer, não tinha para onde ir. Sentou-se sobre uns volumes cobertos por lonas e esperou. O tempo passou. As pessoas caminhavam apressadas perto dele. Movimento de cidade. Movimento de porto. Começou a anoitecer. O primeiro Juan começou a chorar. Outro italiano, também do Piemonte, passou e lhe perguntou o que estava acontecendo, consolou-o, contou-lhe que sabia onde conseguir comida, onde dormir. Nessa noite, enquanto dividiam o jantar, disse-lhe para não ficar em Buenos Aires. O que alguém como ele iria fazer em Buenos Aires? Aqui estão todos loucos, disse. Aqui há muito ladrão, muito vigarista. Venha comigo a Córdoba para trabalhar na colheita. Lá há de tudo, e muito. Sobra trabalho, sobra terra.

Esse é nosso mito de origem. Meu avô – o segundo Juan – sempre o contava. Uma e outra vez repetia a mesma história: uma guerra que expulsa, chegar com uma mão na frente e outra atrás, chegar sem dinheiro, uma cidade perigosa, uma planura deserta que dá abrigo, um lugar profundo na pampa para que seus filhos, para que seus netos, para que seus bisnetos fundassem ali um pequeno reino.

Viajaram de trem. De Buenos Aires até Villa María. A paisagem, vista da janela, era completamente diferente daquela que o primeiro Juan conhecia até então: aqui predominava a planura, as grandes distâncias, a solidão, um horizonte longínquo e contínuo. Trocaram de trem. Ao lado dos trilhos não se via ninguém. Ninguém entre um povoado e outro, somente pastagens abertas, vagas, disponíveis. Nem sequer havia cercas: a pampa ainda sem se compartimentar, sem se repartir.

Os povoados eram pouco mais que um amontoado de casas, um terreno onde o trem parava por algum tempo, alguma arvorezinha nua, um armazém de adobe, três ou quatro ranchos, umas poucas casas de alvenaria, e todo o círculo do horizonte, imenso, distante.

Na terra prometida não havia montanhas a ensombrecer o vale, não havia picos para subir, não havia lugares distantes para onde olhar das alturas. A planície era um grande vazio e por momentos lhes deixava acreditar que poderiam preenchê-lo. Desceram em Las Perdices. Seguiram de carroça, seguiram a pé, dormiram ao sereno, no meio do mato, uma luz tremulava na noite: uma primeira casa, colonos no meio do campo.

Vou a Cabrera, para visitar minha família. A autoestrada corre paralela à antiga Ruta 9, que por sua vez corre próxima aos trilhos do trem que um dia levou o primeiro Juan até o lugar onde iria se dedicar a nos ter.

Saio de Zapiola ao meio-dia. Até Rosario me entretenho, há bastante tráfego, ouço música, as notícias, programas locais de Ramallo, de San Nicolás. Depois, a autoestrada vira uma pura reta, por quilômetros e quilômetros. Quase não passam carros. É um dia de inverno, mas faz sol. Perde-se o sinal das rádios, tampouco tenho sinal de celular. Dos dois lados da estrada aparecem e desaparecem campos de soja e matas de eucaliptos em rápida sucessão. A paisagem à frente de meus olhos é sempre uma mesma linha. Avanço cada vez mais para dentro do país, para dentro da planície.

Lembro do que meu avô sempre contava: que, quando era pequeno, antes que existissem as rádios, calculavam a hora do dia e acertavam os relógios acrescentando meia hora ao momento do alvorecer que aparecia nos calendários de folhinha. Na base de cada folhinha, abaixo do grande número do dia, o calendário anunciava a que horas saía o sol. Se dizia que o sol saía às 6h20 em Buenos Aires, eles acrescentavam trinta minutos, porque o planeta demorava trinta minutos para percorrer a distância entre a capital e aquele povoado perdido no meio da planura. Assim, tinham de esperar, mirando o horizonte, o momento exato em que a primeira réstia de sol aparecia, para então correr e corrigir os ponteiros do relógio da cozinha. O sol saiu às 6h20 da manhã em Buenos Aires, mais trinta minutos: 6h50. São exatamente dez para as sete neste lugar da pampa.

Trinta minutos de diferença. Quando amanhece em Zapiola, lá ainda é noite.
Eu sou aquele que foi para longe.
Essa meia hora, entre o amanhecer aqui e o amanhecer lá, em que a distância se torna penumbra.

É meio-dia. Sol a pino. A autoestrada segue com pouco tráfego. Uns poucos caminhões, de tanto em tanto. Dirigir fica fácil e monótono. Sem um ponto fixo, em velocidade de cruzeiro, o coração e a mente vagam. Não faz muito, uns dois anos atrás, fiz outra viagem como essa, no dia em que me avisaram que o avô tinha adoecido. "Vai durar até quando ele decidir", diziam-me do outro lado do telefone. "É uma questão de horas, de dias, quando muito."
Acelerar para ir mais rápido do que o sol, acelerar para encurtar as distâncias, acelerar para me despedir, para não estar longe, acelerar para chegar antes da morte.
Eu chorava e dirigia, intuindo o caminho certo por detrás de minhas lágrimas, sob o sol de uma tarde de setembro. Chorava e de vez em quando tirava uma mão da

direção para secar o muco com o dorso da mão. Temia que o avô estivesse assustado, pensava que só o que havia para fazer era acalmá-lo, fazê-lo encarar o que tinha de acontecer, acompanhá-lo durante a passagem. Dizer a ele: calma, você está morrendo, está com medo? Quer fazer isso aqui? Prefere ir para casa?

Imaginava que talvez ele, que era velho e sábio, necessitasse de uma morte como as mortes medievais: decidir morrer e chamar todos, para despedir-se de um por um, e depois dormir até que o espírito o abandonasse e, aos poucos, se fosse.

Fantasiava pensando que talvez pudéssemos levá-lo ao campo e instalá-lo no meio de um potreiro verde, num campo de aveia, e deixar que dormisse ali, tranquilo, pleno, plácido. O rei desse reino, ele que havia nascido nesta terra e que nunca mais a havia abandonado, que tinha feito tanto esforço para nunca ir embora, para enraizar-se, para ficar, para que o vento não o levasse e o vazio não o devorasse.

Lágrimas quentes embaçavam as lentes de meus óculos. Pensava em suas mãos grossas, largas, macias, mãos que tinham se embrutecido ao forcejar com pinças, com martelos, mãos pesadas, musculosas, de tanto trabalhar a terra. Pensava no avô mostrando-me umas perdizes agachadas entre os restolhos, uma raposa cruzando a estrada, o avô contando-me sua terra, sua história, mostrando-me os campos, sorrindo diante do que logrou fazer, detalhando-me os planos para a próxima semeadura.

As cores da planície no inverno. O avô dançando ao ritmo da música das colheitas.

Alguns meses depois de sua morte, encontrei, numa gaveta, quatro ou cinco cadernetas, dessas em que ele anotava números e listas do que devia fazer ou comprar quando fosse ao povoado. Cadernetas pequenas, para guardar no bolso dianteiro da camisa, junto a uma caneta com a tampa presa na borda do tecido. Cadernetas que eram uma mistura de agenda e de registro de safras e de chuvas. Fiquei com algumas delas, só para tê-las comigo. Para voltar a ver de vez em quando sua letra inclinada, uniforme, ordenada, para poder ler de novo as anotações de seus dias. Pequenas relíquias/lembranças que valorizo, como a *urraca* valoriza as coisinhas brilhantes em seu ninho.

O avô encurvado sobre a mesa da cozinha, escrevendo lentamente, com uma caneta preta, nas páginas diminutas. Na primeira página, sempre, uma lista de números de telefone.

Titarelli 4050365
Ferreiro 4050368
Mario Rosso 155615060
H. Vitali 4050134
Lüining 156003582
Borracharia 4051600

4 de julho, quarta-feira
Debulha milho 56720
Passar veterinária
Recibo empregados, recibo leis. Décimo-terceiro
Comprar botões / sementes alface / chicória
Debulha milho 18 ha
Farmácia, chá Vic quente

6 de julho, sexta
Banco Relatório
Peretti Relatório
Juanca
Mati Vacas. 9 gordas
Ver fotocópias recibo
Atenção: Aldactone. Farmácia

13 de julho, sexta
Comprar fruta
Comida cães. Pintura
Gelo
8 h. Caminhão Novilhas 25
Gastaldi
Furadeira. Procurar brocas

Quinta 19
As perdizes: 8 dobradiças suíças
Disco grade
Milho 35 ha
Feira vacas 7
Vacas vazias 10
Vacas sem dente 3
Vacas plantel
Ancinho Escova
Ancinho. Comprar alho

Seus trajetos diários. Seus movimentos através do ar de cada dia.

"A maneira como alguém passa seus dias é a maneira como passa sua vida", diz Annie Dillard.

Saio da autoestrada em Villa María. Atravesso a cidade, procuro a estrada de mão dupla que me levará até o povoado. A essa altura já faz quase sete horas que estou ao volante. Falta uma hora mais. Como sempre, a viagem se faz longa, o cansaço pesa, aos poucos as rádios voltaram a aparecer.

O sol começa a se perder no horizonte. A paisagem aqui é plana e chata como em Zapiola, mas não se parece com ela: estas são terras boas. Esta é uma região agrícola.
Aqui não há ervas daninhas, há vegetação rasteira.
Não há panículas, nem espigas, não há pastagens naturais, não há árvores que nascem sozinhas, não há pastos selvagens, nem lagunas nem banhados, não há desordem, não há mistura nem desídia. De ambos os lados da estrada, tudo é retangular, limpo, domado: alambrados lisos, até o último fio visível, gramíneas mantidas rentes à força de glifosato, monocultura uniforme, a terra aproveitada ao máximo, tudo soja para exportar para a China e cobrar em sessenta ou noventa dias.
A beleza desta região – se é que a tem – é a do polido, do estudadamente harmônico, uma beleza clássica, ordenada: ângulos retos, superfícies lisas, cores planas, o que se ajusta à divisão em quadrados.

Termina a época da debulha. Restam apenas uns poucos lotes, as plantas secas e cheias de casulos, esperando. Com o rabo do olho vejo desfilarem pelo acostamento fileiras de cabinhos e talos já colhidos. A cento e vinte quilômetros por hora, rapidamente vão ficando para trás, tremem ou vibram, como se fossem um matraquear de celuloide, desaparecem às minhas costas como um leque que se fecha de repente, amarelo, bege, cinza-claro.

Bem na saída de Arroyo Cabral, uma grande colheitadeira avança e deglute uns vinte sulcos ao mesmo tempo. O sol ilumina a nuvem de poeira que se levanta à sua passagem.

Freio o carro para mijar junto ao arroio de Dalmacio Vélez. Desligo o motor do carro. O silêncio me surpreende. Somente se escuta o som das canas roçando-se umas nas outras. Não se ouve o vento, mas está ali, pode-se vê-lo no balanço, no lento movimento das canas, nos penachos, nas folhas de um verde tão opaco que parece cinza.

O primeiro Juan, o pai de meu avô, construiu toda sua vida aqui, nestas planícies. Casou-se, teve filhos, plantou trigo, plantou linho. Dia após dia, ao fazer a barba em frente ao espelho, viu como a água salobra desta região ia escurecendo seus dentes. Fez trazer da Itália sua única irmã ainda viva. Fundou uma família.

Para trás, longe, do outro lado do oceano, ficaram os Alpes, as pedras, os cerros, as neves no inverno, a água rápida do degelo, os prados verdes. Lá tudo era alheio, tudo estava cheio, onde não havia picos de montanha, havia vales, ladeiras sombreadas e ladeiras a pleno sol, povoados, bosques, caminhos. Lotes pequenos. Lá eram demasiados, faltava espaço, os sulcos de cebolas eram alinhados aos trilhos do trem, a salsa e o manjericão cresciam em vasos nos parapeitos das janelas. Não havia espaço, não havia lugar para ele, para eles.

Lá era a guerra. O terror da guerra avançando. Soldados mortos.

Aqui tudo é amplo, vazio. A gente mesmo tem de traçar uma linha porque, de outra forma, os sulcos durariam para sempre. Aqui a gente vê de longe alguém chegar.

Aqui há espaço, a gente é dono da terra.

Aqui a gente está longe.

E ele foi um dos que ficaram aqui, "ouvindo o coração das vacas", como diz Alejandro Schmidt num poema.

Morreu pouco depois dos cinquenta anos. Do resto de seus dias quase nada se falava em minha família. Assumi que teriam sido anos de rotina e descanso, já estabelecido, já com casa, com mulher, com filhos. Um destino rural. A música das colheitas soando em seus ouvidos.

Faz muito pouco tempo que minha avó, quase num descuido, deixou entrever outra parte da história, aquilo que até então ninguém havia falado com todas as letras: o avô tinha seus barzinhos, armazéns onde parava para beber quando ia ao povoado. Deprimia-se, era alcoólatra, não se cuidava. No fim, teve um ataque, ficou paralítico. Levavam-no para passear pela horta, empurravam a cadeira de rodas pelo cascalho. Mostravam-lhe os sulcos de cebola, de alho-poró, o limoeiro carregado, deixavam entre suas mãos quietas o primeiro pêssego, a primeira ameixa.

O paraíso prometido acabou sendo um vazio áspero e difícil demais de preencher.

Plantar árvores para fazer sombra, para fazer volume, para fazer lenha, para fazer fogo.

Ter filhos para trabalhar cada vez mais a terra.

Nunca um dinheiro de sobra.

E, do outro lado, uma origem arrasada. Queimada pela guerra.

Nenhum lugar ao qual retornar.
Nenhuma Ítaca, nem atrás, nem à frente.
Aprisionado no grande vazio.
Uma vida que tenta se erguer na planura e o vento que a cada tanto a derruba.

O último conjunto de povoados: Dalmacio Vélez, Perdices, Deheza. Cães de rua. Uma menina que espera o ônibus no ponto. Viajar na parte de trás de um caminhão junto com os novilhos. O cheiro da bosta fresca entrando pela abertura da ventilação do carro. Os olhares dos novilhos entre as barras. No acostamento, preás comem rapidamente a soja que escapa dos caminhões. Pasto seco caindo em cascata. Uma raposa inchada, morta ao lado da estrada.

O cão late. Mamãe sai de casa para me receber. Diz que ficou ansiosa esperando minha chegada, inquieta porque eu estava na estrada. Me dá um beijo. Já é quase noite.
Lá dentro, a lareira acesa, com três ou quatro toras. Canal Rural na televisão. Papai lê o jornal sentado na mesa.
Ei, chegaste, diz, levantando a cabeça.

O pelo gelado do cachorro. Seu hálito quente. O focinho apoiado em minha perna, para que lhe acaricie a cabeça, atrás das orelhas.

Papai pega uma linguiça, soda, vinho. Um pedaço de pão. Um pedaço de queijo. Come de pé, ao lado da geladeira. O cachorro se senta a seu lado e olha para ele, esperando por um pedaço de qualquer coisa.
Corto uma fatia de queijo.

Não coma que já vou servir o jantar, diz mamãe.
Saio para o pátio, procuro um tronco, junto-o ao fogo.

Todas as árvores do município pintadas de branco até a altura dos joelhos, para que as formigas não subam até os galhos, não trepem pelo tronco. Coroas de pedras brancas, também pintadas com cal, muito arrumadas, ao redor de cada arvorezinha nova.

A cada ano cortam as árvores um pouco mais baixas, para que os galhos não toquem os cabos de eletricidade. Podam de qualquer jeito. Copas disformes, toda a harmonia congênita mutilada. As marcas dos cortes anteriores nos tocos dos galhos já sem folhas.
E seguir crescendo, depois dos cortes e das mutilações. Seguir e crescer por onde for possível, sempre com forma, mas já sem beleza.

Os galhos de um lado e de outro da calçada não chegam a se juntar. Nem sequer se roçam.
Nada que cubra, nada que dê sombra, que dê alívio.

Já é noite. A luz mínima das lâmpadas. A luz laranja da iluminação. As casas baixas. As portas fechadas. Janelas fechadas, persianas abaixadas. Frio glacial. Ninguém na rua. Longe, na outra extremidade do povoado, passa uma caminhonete.

Cada um padece de seu próprio lado da calçada e entende o mundo segundo o que chega a ver por entre as cortinas de sua janela.

Meu pai, com os pais dele, falava piemontês. Conosco, falava espanhol.

Nas tardes de inverno, quando éramos pequenos, quando ainda não existia o Canal Rural e já era noite e papai já tinha lido todo o jornal e estava entediado, tirava da estante um grande dicionário Vox de capa verde, grosso como dois tijolos superpostos. Abria-o em qualquer parte, colocava-o à sua frente sobre a mesa e começava a ler as palavras uma atrás da outra, com os óculos de leitura encaixados sobre o nariz, a cabeça um pouco baixa, a ponta do indicador guiando a vista ao longo das linhas.

Lia com muita concentração, enquanto mamãe preparava o jantar e meus irmãos viam *Hola Susana* no Telefe, o canal das três bolinhas.

Enquanto isso, eu lia a revista que vinha aos domingos junto com o jornal. Lentamente, virava as páginas, olhava as fotografias, os espaços diáfanos, a luz sobre os objetos, as pessoas felizes que viviam nesses lugares distantes, arrumados, nítidos até a perfeição, puros.

Do outro lado da mesa, papai descia o dedo meio centímetro, lia a definição de outra palavra, fazia uma cara de espanto; às vezes, fazia uma cara de surpresa, de "olha só, quem poderia dizer"; às vezes, uma cara de ter confirmado algo, de "eu já suspeitava". Não lembro de nenhuma vez em que tenha feito algum comentário sobre aquilo que lia. Nem que agregasse, sistematicamente, novas palavras ao seu vocabulário. Embora, isso sim, ficasse obcecado com algumas, que repetia o tempo todo: Honolulu, por exemplo.

Vou te dar de presente uma passagem para Honolulu, dizia sempre para minha prima Marisa.

Torombolo era outra palavra que sempre usava. Significava bombom, ou chocolate, ou bombom de chocolate.

Nas noites de inverno, ao terminar o jantar, papai perguntando se havia algum *torombolo*.

Depois mandava algum de nós comprar no quiosque do Pitrola, na esquina. Milka. Suchard. Bon o Bon, o que fosse.

Se era minha vez de ir, escolhia um Suchard com uvas passas, que era meu favorito.

Pitrola raramente sorria. Vivia possuído pelo mau humor. Era viúvo, tinha uma filha portadora de uma séria deficiência, Laura, e um único filho, Mauri, que quase só fazia cuidar de sua irmã. Anos depois, quando Mauri já era casado e pai de dois filhos, sofreu um acidente de carro com toda a família, voltando de Río Cuarto. Só sua esposa sobreviveu.

E enquanto don Pitrola cuidava do quiosque e continuava vendendo chocolates, cigarros, *torombolos* e revistas, naquela casa ficavam apenas Laura, presa à cadeira de rodas, e a viúva de Mauri, olhando para fora, pela janela.

Pitrola era o incompreensível: por que tantos castigos para um só homem? Como podia, assim, viver sua vida?

Agora o quiosque está fechado, as persianas abaixadas. O lugar parece abandonado.

Terá sido nestas noites de inverno, comprando *torombolos* de don Pitrola, que comecei a sentir que tinha de sair de Cabrera?

Numa cidade pequena, todos somos uma biografia, uma fileira de fotos, um fio, a identidade está colada a uma história. Três, quatro, cinco momentos na vida de alguém que, de alguma maneira, formam um desenho, nos identificam. Desgraças, acidentes, encontros, profissões, amores, nascimentos, conquistas, piadas divertidas e piadas tristes. Etapas numa cronologia. Pontos nesta vida, unidos por linhas no meio da planície, entre o vento, o sol e as tempestades. Um final, um necrológio. "Quem morreu?", as pessoas perguntam no bar ou no armazém quando se acendem as luzes da funerária ou quando se ouve a gravação de sinos na LVA, a rádio do povoado.

Um Pascualini, um daqueles que moram atrás do quartel de bombeiros.

Aquele que chamavam de Filón.

Não, o irmão desse. Aquele que tinha se casado com uma das Pautaso del Molle.

As Pautaso, essas que eram quatro irmãs, todas lindas?

Sim. Este era casado com a Delia, a irmã do meio.

O Pascualini que o filho se acidentou.

Não, este que você está falando é o do menininho que se queimou com azeite, que ficou muito tempo internado em Córdoba. Seria o tio deste menino. Este é o Pascualini que uma vez, quando saiu de viagem com o pessoal da cooperativa, a escada rolante arrancou a manga dele.

O que tinha sofrido um AVC.

Sim, o do AVC.

Um olhar para trás e, ao tratar de identificar-nos, a narração de um obituário, o desenho que a marca de um corpo forma ao longo de um monte de noites e de dias. E as mudanças de direção dessa marca, as tardes em que houve desgraças, acontecimentos inesperados, surpresas. O sábado como outro qualquer em que, pela primeira vez, Pascualini viu uma das irmãs Pautaso descer do *sulky*, em frente à igreja. A noite de uma quinta-feira em que sentiu um desconforto no lado esquerdo da face e se deu conta de que já não podia mover o braço e soube, em seguida, que isso seria para sempre.

Eu odiava essas conversas, tinha fobia a elas, sentia medo. Quando os ouvia falar dessas coisas, abria a porta do corredor, me submergia no frio da casa sem calefação, me deixava cair em cima da cama, acendia a luz de cabeceira, abria um livro, me deitava para ler um romance.

A trama de um livro era uma espécie de proteção, de conjuro contra esses desenhos feitos de puros riscos, traços frouxos, devaneios. Precisava dar uma forma imaginária à minha vida.
Lia porque ler era ordem, harmonia, a promessa de um terceiro ato onde tudo se encaixaria, onde tudo faria sentido.

Queria uma vida diferente, acho. Me atraía a delicadeza destes lugares distantes, "elegantes", perfeitos. Me atraíam essas tramas tão bem urdidas, que o ponto final sempre se convertesse no alívio de todos os pesares, a constatação de que todos os testes, todos os conflitos tinham valido a pena. Queria uma vida como a que aparecia nos livros, uma vida como as das revistas.
E esse desejo era a única maneira que encontrava de dizer a mim mesmo que me sentia diferente deles, distinto.

Me desesperava imaginar a mim mesmo construindo uma casa neste povoado, envelhecendo aqui ao som dos plantios e das debulhas.

Não era medo do tédio, era medo do desperdício.

Escapar para aproveitar a pouca vida que me coubesse ter. Essa ansiedade básica: sair do povoado, ver o mundo, aproveitar a vida, dar sentido a ela, como se ali, sozinha, por si só, minha vida não o tivesse.

Sentia que tinha tão pouco tempo. Tempo para quê? Não sabia, mas estava convencido de que havia outro tipo de vida esperando por mim em algum lugar e imaginava que só poderia começar a viver se descobrisse qual era esse lugar e qual era essa vida.

Então estudava, me preparava, tratava de tirar as melhores notas, aprendia para poder ser outro, longe.

Lia muito, o tempo inteiro, tudo que caía em minhas mãos. Sugava os livros, os jornais, as revistas. Absorvia informação, assimilava-a: qualquer coisa podia ser uma ferramenta para abrir caminho, para partir, para camuflar-me com os locais quando estivesse em qualquer outro lugar que não fosse Cabrera.

Não conseguia entender como o resto das pessoas podia viver tão calmamente sua vida, como é que a pampa também não os afogava.

Eu, entretanto, pensava saber mais que meus pais, que meus avós, que meus irmãos, que meus colegas de escola.

Nada do que havia aqui me servia. Tinha de fazer a mim mesmo, ser meu próprio pai, minha própria mãe, partir.

Deixei de ir ao campo, me transformei em alguém muito responsável, muito sério. Estava sempre chateado, passava os fins de semana lendo.

Era apenas a necessidade de ter tudo sob controle: o caos, o sem-sentido, o medo.

Pensava ser mais do que o resto, mas também me sentia menos.
Eu ainda não sabia, embora já o intuísse.
Ou sabia, ou uma tarde soube, de repente uma suspeita: e se eu gostasse de meninos? E se eu fosse um desses? Não, não podia ser. Não eu. Não a mim. Eu não era.

A sensação de segredo. Não admitir sequer a mim mesmo, ou me colocaria em risco de vida.
Seria uma grande fraqueza e, antes de tudo, eu precisava ser forte.
Negá-lo para mim mesmo para não humilhá-los, para não fazê-los passar vergonha.
Negá-lo para mim mesmo também para não ser fraco. Mostrar-me melhor do que todos, mais forte.

Tinha expectativas muito altas e colocava muita pressão sobre mim mesmo.
Não sabia como satisfazer essas expectativas, não sabia se poderia, nem sequer sabia se teria coragem de partir.

Ler afastava o medo: supunha que, identificando todas as tramas possíveis, todas as possíveis estruturas narrativas, saberia como fazer para que minha história chegasse a bom porto.

"Se foges / o lugar te devora / se permaneces / o lugar te assimila / te outorga a palavra filho", diz Elena Anníbali num poema.

Honolulu, uma palavra quase pura onomatopeia. Teria sido por isso que papai gostava tanto de repeti-la?
Ou, simplesmente, porque era um lugar distante e estranho?
Honolulu.
Papai também terá sonhado algum dia com partir? Com inventar uma linguagem nova, feita de puro som? Uma linguagem em que houvesse palavras para nomear os próprios desejos.

Sentia que não me encaixava, que não tinha com quem falar, que falava e ninguém me via, que não reconheciam quem era, que não podiam me ver.

Até o momento em que, muitos anos depois, conheci Ciro, essa sensação esteve sempre comigo.
Não se encaixar.
Não ter um lugar.

Longas conversas, o tempo todo.
Encontrar Ciro foi encontrar com quem falar, com quem deixar de fazer silêncio.
E foi encontrar seu corpo, que se dava tão bem com o meu.

Agora tenho Zapiola e tenho uma horta.

É importante viver uma vida complicada, li outro dia não sei onde, em algum lugar, em alguma revista.

Cabrera. Dia de sol. Céu sem uma nuvem. Vento sul. Muito frio. Areal. Seco. A luz que fere ao meio-dia. As ruas largas e desertas. As árvores cortadas baixo para não encostar nos cabos. O vento. A intempérie. A luz da sesta que faz a cabeça doer.

Vou visitar a tumba do avô, no cemitério-parque de Deheza. Ouve-se de longe o ronronar da fábrica de azeite, apenas amainado, mas de fundo, constante. Os caminhões zumbindo pela estrada. Os da rota internacional são mais longos, cruzam do Brasil ao Chile, são como um relâmpago, nem mesmo diminuem a velocidade. O barulho de seus motores chega um pouco defasado por causa do vento. Primeiro a gente os vê. Depois a gente os ouve.

Falta um pouco de grama em cima da tumba. Colocaram umas placas de grama depois do enterro, mas algumas não se fixaram e outras ainda não terminaram de se alastrar. Em uma das floreiras enterradas no chão há umas rosas de plástico. No fundo da floreira, um bom punhado das pedrinhas que cobrem os caminhos principais e as demais trilhas. Minha avó é quem deve tê-las roubado, para servir de lastro e incrustar nelas as hastes de arame das rosas, assim o vento não as arranca nem as leva para outras tumbas.

Não sei muito bem o que fazer parado ali, leio a placa várias vezes: um par de datas, uma frase certamente escolhida por minha avó.

Lá em cima, um pequeno falcão guincha alto, com as asas bem abertas. Deixa-se levar em círculos, quieto.

De algum lugar chega o rugido do motor de um avião pequeno, mas não consigo vê-lo.

Na volta, paro para colocar gasolina e encontro um ex-colega do secundário. Me conta que se separou, que é uma pena por causa dos filhos, que está saindo com uma mulher mais nova.

Você não a conhece, me diz. Não eram daqui, mudaram-se há pouco.

E você, como vai?, me pergunta.

Bem, bem, digo em seguida. Eu vou bem, normal, como sempre.

Aqui ninguém nunca sequer ouviu mencionar a palavra Ciro.

Por que achei que, indo embora, a luz não iria ferir minhas pupilas?

Em Cabrera as coisas voltam a ter seu nome original. A linguagem volta a ser a minha.

As flores se *achuzan*.

Os salames não são salames, são chouriços, ou chouriços secos.

A pipoca é *pururu*.

Colocar roupa na máquina é pôr para lavar um tacho de roupa.

Se vou ao açougue, já não tenho por que chamar as costeletas de bife de costela, nem chamar as costelas de *tira de asado*.

Na padaria posso pedir um quarto de *criollos* e todos logo me entendem.

Maneiras de nomear os momentos do dia:
Na boca da noite
À noitinha
Na hora do mate
A tardezinha
Quando desponta o sol
Quando o sol se põe
Ao clarear

Papai está vendo o Canal Rural sentado na ponta da mesa. Digo a ele que estou pensando em escrever algo sobre o campo, se poderia me ajudar com umas perguntas.
O que você quer saber?
Como era antes, quando você era jovem.
Faz muito tempo, diz, sem tirar os olhos da TV.
Diz que não sabe se lembra. Que eu teria de falar com outra pessoa, alguém que conheça bem.
O que você puder, digo.
Papai faz que sim com a cabeça, permanece calado, olhando para a tela. Um engenheiro agrônomo fala sobre o cultivo de mandioca em alguma província do norte. Salta. Jujuy.
O que você quer saber?, me diz papai quando o engenheiro agrônomo termina e chega a hora dos comerciais.
Que idade você tinha quando começou a trabalhar no campo?, pergunto.
Devia ter uns treze, quatorze. Estudei um ano num internato, mas em seguida me tiraram dali.

E em que ano foi isso?

Bom, eu sou de 1942, quer dizer que foi em 55, 56.

Quem estava no governo nessa época?

Papai fica em dúvida.

Não me lembro... Houve tantos presidentes que...

Você se lembra como era na época de Frondizi?

Frondizi, Frondizi. Não, não era ruim. Mas não posso te falar tão bem a ponto de colocar isso num livro, diz papai. Estou pensando em quem poderia te falar sobre isso... Teu avô certamente poderia ter te contado.

Não importa, fale o que você se lembrar.

Estou pensando em quem pode te dizer algo mais preciso. Deixa eu ver. Teríamos de encontrar alguém mais velho do que eu, alguém que se lembre.

O que você quiser, digo. Quando você começou a trabalhar, por exemplo, o que se plantava?

Trigo, linho, milho. Tinha muito mais vacas do que agora, um montão de vacas. Todas as sextas havia uma feira.

Ainda não tinha soja.

Não, a soja chegou depois, disse papai.

No Canal Rural os comerciais já acabaram. O programa recomeça. Máquinas agrícolas, semeadeiras, rastras de discos. Papai se vira, cruza os braços, olha para a tela em silêncio.

Saímos para dar uma volta.

Me disseram que o filho do Fesia comprou um carro novo, um Toyota, branco, diz papai. Vai para lá, assim passamos na frente da casa, para ver se o carro está do lado de fora.

Eu viro a direção.

Não, não, para o outro lado, diz papai.

Mas os Fesias moram perto do boulevard.

Não, estou falando do filho mais velho, o que se casou com a Gastaudo. Alugaram a casa para o Oscar Macagno, lá perto do desaguadouro.

Assinto. Dirijo devagar. Papai fica nervoso se andamos noutra marcha que não seja segunda.

Passamos em frente à casa de Macagno. Está tudo fechado.

É aqui, diz papai, mas não, dá para ver que hoje não tiraram o carro.

Seguimos em direção ao bairro La Polenta.

Vai por aqui, indica papai, e mostra uns terrenos baldios salpicados de casas novas.

O povoado está crescendo muito para este lado, cada vez mais, diz papai. Estão fazendo muitas casas. Esta acho que é de um dos filhos de Actis, aquela mais adiante do filho de Pichulino. O povoado está ficando grande. Por aqui me disseram que a Mary Gómez abriu um negócio, vamos ver, espera, dá a volta na quadra.

Papai mostra uma garagem com um toldo na frente.

Deve ser aquele ali, me mostra. Dizem que abriu um armazém.

Pegamos a estrada nova que vai para Gigena, para ver se vem tempestade. Há pouco, na entrada do povoado, construíram uma rampa e um aterro, no cruzamento das estradas. Desde que a inauguraram é para onde vão todos os gringos, à tardinha, para olhar o céu, porque desta altura se enxerga mais longe.

Subimos devagar. Do alto da ponte se vê uma plantação de soja já colhida, salpicada aqui e ali por sacos plásticos que o vento trouxe do depósito de lixo. Papai mira o horizonte. Diz que há uma tempestade assentada, que há muita tempestade assentada.

Eu olho e não vejo nada.

Uma linda tempestade assentada, diz papai.

A vida no campo consiste em olhar. Olhar para a faixa um pouco cinza e pomposa que se levanta no horizonte e saber se é água ou só nuvens. Olhar para os halos que desenham o contorno da lua. Ver se o sol entra limpo.

Aqui ninguém pensa em imagens de satélite, mas em nuvens que poderiam se aproximar ou se afastar, em sinais no céu, em mudanças mínimas. A natureza tem uma linguagem cheia de repetições. Aprender a lê-las implica saber se deter, tomar nota, reconhecer, olhar de perto.

A soja, então. Quando a soja chegou aqui?, pergunto. Em que ano? Não, diz papai. Não saberia te dizer.

E quem a trouxe?

Os donos da fábrica de azeite, diz papai. O Ñoño foi aos Estados Unidos e voltou de lá com trezentas, quatrocentas sacas e as dividiu entre os gringos. Deu quarenta para Cerutti, quarenta para Perticarari, quarenta para Malatini. Assim se fez a semente da soja aqui, nesta região.

E para vocês, ele deu?

Nos ofereceu, mas o avô, a princípio, não quis. O tio Bauta sim, começou em seguida. Nós começamos três ou quatro anos depois. A primeira vez foi no terreno do portão de ferro. Eram trinta e três hectares e nos deu trinta quintais.

Eu concordo, papai concorda. Estamos com a caminhonete parada sobre a ponte, no cruzamento das estradas. O motor está ligado, mas a caminhonete em ponto morto. Em todo caso, piso no freio com o pé direito. Papai torna a olhar para o lado da tempestade. A luz vai ficando laranja, rosada. Tinge o vidro do para-brisa. Tinge sua pele, suas pupilas.

Um dia de manhã veio o tio Bauta e ajustou a máquina. Disse-nos quantos quilos de semente colocar, o peso, a profundidade, tudo, diz papai. O tio Bauta já tinha pegado o jeito, fazia três ou quatro anos que plantava. Veio nesse dia e nos ensinou, e no dia seguinte, do nada, choveu muito, sessenta milímetros, de repente.

Volto a assentir. Imagino que não seja bom tanta chuva assim depois de semear, mas não sei bem por quê. Não conheço esta história. Nunca tinham me contado.

O problema da soja é que, se a plantavam muito fundo e chovia, como a terra estava solta, ela ia para baixo, formava uma crosta e cagava tudo, não nascia mais, diz papai. Assim que, outra vez, apareceu o tio Bauta. Olhou durante um tempo e me disse: prepara a rastra. Pegamos o Deutz 730, que tinha a roda estreitinha, e passamos a rastra em todo o terreno. Onde o trator passou, não nasceu mais, os grãos tinham se partido. As trilhas ficaram todas marcadas, mas o resto nasceu bem. E mesmo assim deu trinta quintais. Eram a Gu e a Pla, essas foram as primeiras sojas semeadas aqui, das sementes que tinham sido trazidas pelo Ñoño.

Trinta quintais está bem, digo.

Claro, diz papai. Para aquela época estava bem. Imagina que não havia líquidos, fertilizantes, nada. Trinta quintais estava muito bem.

Depois toma ar, baixa um pouco o vidro da janela, me diz para engatar uma primeira.

Nessa época nós plantávamos e escardilhávamos a soja, me diz. Depois tirávamos as ervas daninhas com as mãos, com os pés, com a enxada. Não havia nem fumigadores. Uns quatro ou cinco anos depois, compramos um Venini que era uma porcaria. E depois compramos um fumigador em Hernando, um quadrado, alaranjado, um traste, mas funcionava. Foi quando saiu o Roundup que tudo se destravou.

Em que ano foi isso?

Papai encolhe os ombros.

Nem me lembro, diz. Os primeiros que venderam Roundup nesta zona foram Arsenio Morichetti e Franchisqueti, o engenheiro agrônomo. Ele era engenheiro e então nos explicava essas coisas todas. Tínhamos de jogar o Roundup na terra arada e depois passar a rastra para mover a terra, para que ela se misturasse. Antes de semear tínhamos de jogar o produto. Era uma coisa de louco o que se fazia. Pegávamos e arávamos a terra, depois passávamos uma mão de pulverizador antes de semear, depois jogávamos o Roundup e depois passávamos rastra e rolo para firmar a terra, porque a soja não nascia na terra solta. Até nasce, mas, se chover, a semente vai para baixo. O bom do Roundup é que matava tudo, não precisávamos mais tirar as ervas daninhas.

E era melhor?, digo. O rendimento aumentou?

Aumentou, aumentou, diz papai. Mas, além disso, era menos trabalho, menos gasto. De qualquer jeito, agora o Roundup não tem mais o efeito de antes. Depois de trinta anos, as plantas estão saturadas de Roundup, estão resistentes. Não tem jeito. Cada vez temos que pôr mais coisas. Um caminhão de dinheiro.

Voltamos lentamente ao povoado, passamos em frente ao galpão que os Pitavino, os ricos da cidade, estão construindo para seus helicópteros. São quatro irmãos que começaram trabalhando com cinquenta hectares e alugando outros cinquenta de um tio solteiro. Tudo soja. Ano após ano. Agora são donos de quase seis mil hectares – ou pelo menos é o que dizem. Compraram campos no norte, em Salta, na Bolívia. Alugam em toda parte. Compraram um quarteirão inteiro na cidade e cada um dos irmãos construiu uma casa gigante em cada esquina e mandaram fazer a piscina e a churrasqueira no meio, para compartilhar.

Papai me conta que agora está na moda examinar os campos em helicóptero. Já não há tempo para deslocamentos por terra. São gente importante, administram seu tempo. Veem as nuvens lá de cima.

O problema é que um quer ter mais do que o outro, diz papai. E que as cunhadas brigam entre si para ver quem vai usar a piscina.

Depois me convida para ir comprar linguiça de uma mulher em Carnerillo.

Diz que ela as faz como os velhos faziam antes.

Pode ser enganador subir uma montanha, porque a montanha "é completamente inóspita, é muito difícil de se guiar por entre as pedras e pela neve", diz Jorge Leónidas Escudero. "No entanto, a montanha é sagrada. E na montanha sentimos a comunicação com o todo. Com o luminoso, não sabemos se é Deus ou o que é. Uma coisa tremenda que está além de nós e na qual estamos metidos. O inóspito da montanha nos dá a sensação de que pertencemos a um todo para além de nossa efêmera vida."

Deus sempre está no alto. No Antigo Testamento, onde há uma montanha, é ali que Deus se encontra.
Nos picos, as nuvens cobrem o cume. Esse é o lugar para se juntar a Deus: as nuvens, a neblina.
Os que vivem na planície vivem com Deus longe, vivem olhando para cima.

A planura, a pampa, também é o vazio de altura. Nenhum ponto desde onde olhar alto. Nenhum ponto desde onde olhar de cima.
A vida no plano, sem possibilidade de sair, sem alturas onde subir para encontrar o sagrado.

No Êxodo, Deus é a nuvem. Aponta o caminho, dá sombra no deserto.
Um céu azul perfeito, sem um só vestígio de branco.

Assim que os israelitas chegaram à terra prometida, o maná deixou de cair do céu. Deus já não aparecia em forma de sarças ardentes, Deus já não era o fogo. As nuvens se tornaram apenas nuvens. Deus já não se escondia nelas. De repente as nuvens já nada significavam, já não falavam.
O Pai cuidadoso tinha se tornado um Deus fugidio, difícil de ver. Um Deus sem signo, um Deus em ausência.
Como ler o que não tem letra? Como proceder, como prosseguir se não temos signos? Como prosseguir sem um pai que nos fale?

Um Deus sem signos é quase um Deus que não existe. Ficamos à sua mercê, não podemos buscá-lo, somente ele pode se aproximar, se assim o desejar...; o resto é fé.

A montanha como o lugar em que estamos perto de Deus e de onde podemos ver os demais em plano geral, do alto, num plano de ângulo picado ou contraplongê, plano zenital sobre os vales.

Na pampa não vemos nossos vizinhos. Não temos altura para ganhar em distância.
A horizontalidade. A pampa como o lugar em que estamos perdidos.

Uma vez tentei contar a mamãe.
Não, ela disse.
Seu rosto tinha se ensombrecido.
Não, disse, e eu nunca soube muito bem o que significava essa negativa.
Não está certo.
Não permito.
Não acredito.
Não quero saber.
Não me fale.
Não posso.

Depois nunca mais se falou sobre isso. Se eu puxava o assunto, era como se essa parte não se escutasse. Silêncio. Falar de outra coisa, mudar o rumo da conversa.

Almoço com minha avó. Está bem, lúcida. Tem noventa e um anos, mas segue com a mesma vida de sempre. Alguns meses depois que meu avô morreu, nós a obrigamos a se mudar para o povoado. Era impossível, alguém de sua idade, sozinha lá, no meio do campo. Agora tem aqui sua horta entre taipas, pequena mas linda. Do campo, trouxe os lírios, as açucenas, os bulbos de gladíolos; planta apenas acelga, chicória e alface, aquilo que ela come e que nasce fácil. No verão, abóboras e abobrinhas. E um ou outro pé de tomate, de pimentão.

E repolhos, você não plantou?, pergunto enquanto arranco umas ervas daninhas e rego um pouco.

Não, para quê repolho, me diz. Mais fácil comprar na mercearia.

Prepara uma carne ao forno, umas batatas douradas como só ela sabe fazer. Depois, enquanto não para de me oferecer café e eu não paro de dizer que não quero, pergunto pela caixa das fotos velhas, se posso ficar com algumas, se ainda as tem.

Claro que sim, diz, e vai buscá-la em seu quarto.

É a mesma caixa de sempre, as mesmas flores no tecido, a mesma desordem de fotos soltas. Olho para elas por um tempo e escolho três ou quatro, minhas favoritas, quase todas fotos dos tios Giraudo: vestidos de pistoleiros, posando junto a um carro recém-comprado, de viagem, em Rosario, em frente ao monumento à bandeira.

Quando as viro, descubro algo novo: atrás de cada foto, sobre a cartolina do verso, minha avó anotou, em letra esmeralda, o nome de quem aparece na imagem, uma pequena descrição, uma data aproximada.

E isso?, pergunto-lhe.

Para que não se esqueçam quando eu não estiver mais aqui, diz. Para que saibam.

Concordo com ela, não sei o que responder.

Remexo na caixa, olho mais fotos, olho a imagem, leio o verso. A avó começa a arrumar a mesa. Encontro uma foto dela, no dia de seu casamento. O avô era um gordinho sorridente, já com entradas grandes, bem pouco cabelo, embora recém tivesse voltado do serviço militar. Ela está de vestido branco, largo. Casaram-se em Punta del Agua, num dia de muito vento. O vento lhe sacode o vestido, faz o véu esvoaçar.

E esta, posso levar?, pergunto.

Não, essa não, diz a avó. Se quiser, vá ao quiosque e faça uma fotocópia, mas essa fica comigo.

Minha avó sentada na ponta da mesa com a caixa das fotos junto a ela, tira todas da caixa e, uma a uma, atrás de cada foto anota quem aparece, o ano aproximado, o resumo de um episódio. Sua letra alongada, alinhada, escrevendo nomes, sobrenomes, o que fizeram, quando, com quem, para que nós não os esqueçamos.

Como escrever desde uma paisagem sem passado, sem história?

Uma paisagem pensada como vazio requer histórias que o preencham.

Requer que sejam contadas a si mesmo uma e outra vez, que sejam lembradas a outros, para não cair no sem-sentido.

A história dos que tentaram preencher o vazio, cuidadosa, escrita com sua letra: aniversários, casamentos, batismos.

Aquela que passa o bastão das lembranças.

A pampa é uma paisagem dura, exigente, não tem nada de bucólica. A noite negra. A terra dura. O vento. O vento. O calor do sol sem uma sombra. Sem cuidado. A grandeza, o cardal, os anos de cardos. O sal na terra seca do banhado. O sal na cara. A imundície constante, o incômodo do corpo, a água gelada no inverno, a terra no verão, a inundação, a pedra, a seca, as larvas, os gafanhotos, as tempestades que passam, a água que não vem. A planície é dura, o campo é cruel, não necessariamente consola.

As histórias dos mortos, preenchendo a planície sojífera.

Funciona por contraste.
Escrever sobre a pampa vazia é também escrever sobre marcos divisórios, agrimensores, preços, valores, a necessidade de que alguém recorte, de que alguém meça.
É escrever sobre reuniões, negociações, metas comuns, trocas de favores, cartórios, editais, papéis.
Títulos de propriedade, campo a campo. A linha patriarcal. O pai de família. A herança.
No recorte do vazio, a ilusão de que o vazio desapareça.
Pampa. No recorte, no molde, na divisão em lotes quadrados, o desejo de possuí-la.
Isso é meu, disse o primeiro Juan.
Isso é teu, disse ele a seu filho.

O terror de olhar a pampa: talvez por isso a religiosidade, o apegar-se a Deus na intempérie?

Também porque o único discurso que preenche, que dá sentido, por estes lados, é o de Deus Pai.

O campanário da igreja: o prédio mais alto. O único que se vê de longe.

O padre como a única pessoa a quem contar certas coisas que se sente, que não se sabe como colocar em palavras, que se tem dentro da gente.

O padre escuta, abençoa.

"Paciência", diz.

"Prudência", diz.

O tempo engana nas planícies. A dança circular das colheitas. Parece que o tempo não passa, que tudo nasce e começa de novo, parece que não envelhecemos.

O vazio produz. As colheitas o preenchem.

A música das colheitas é demorada, misteriosa. É difícil se dar conta de sua cadência, se é que tem uma.

É necessário muito tempo para descobrir o seu ritmo, levamos a vida toda para aprender a dançar sua música.

A música das colheitas é um feitiço do qual é difícil despertar.

O medo do horizonte.

O medo do vazio, do sem-sentido, da rotina. De cair morto um dia de manhã cruzando a praça e não ter nada entre as mãos para dar em troca.

Por isso parti para longe deste horizonte?

Por isso volto a me cercar de horizonte?

Imigrantes que vêm de povoados de montanha e agora estão perdidos na pampa.

Imigrantes que sentem falta das montanhas e diante do vazio se suicidam atirando-se no fosso. Enforcam-se porque a guerra voltou ou porque acham que estão perdidos.

A pampa também nos coloca frente a essa verdade quase zen: não há um lugar melhor ao qual aspirar, não há felicidade a alcançar, não há nenhum lugar aonde ir, não há nenhum lugar aonde chegar.
É isto e vai ser sempre isto.
Alguns conseguem se debruçar sobre o vazio. Outros sentem vertigem.

Ou te obriga a aceitá-la, e te dá sabedoria,
ou te desespera,
ou te faz resignar-se.

A diferença entre resignação e entrega.
A diferença entre aceitar e saber soltar.
A diferença entre ser silencioso e não ter nada a dizer.
A diferença entre sabedoria e anestesia.

Um medo aterrador, um medo de morte, um medo que paralisa, neste dia, enquanto dava voltas de carro com o pai. Se lhe contasse, deixaria de existir para ele, por completo, sabe disso. Mas tem de fazê-lo. A garganta seca, o tremor das mãos.
O pai ouve, não diz nada.
Você vai voltar a Cabrera algum dia? Vai voltar a viver aqui?, pergunta.

Não, acho que não.

Então faça o que quiser, você deve saber, diz o pai. Mas nem pense em aparecer com um sujeito no povoado, nem pense em andar contando isso por aí, qual é a necessidade, para quê as pessoas têm de saber.

Depois freiam diante da casa e o pai desce do carro e o filho vai embora.

Volto, regresso. O rosário de povoados, mas agora ao contrário. Deheza, Perdices, Dalmacio. Por fim, Villa María, a autoestrada.

Aos poucos vou deixando de ser aquele que sou no povoado e, à medida que o carro avança, volto a ser aquele que sou em Buenos Aires.

Um eu no povoado.

Um eu fora dele.

Demoro bastante a lembrar que já não estou voltando para nossa casa, para a casa que tinha construído com Ciro, para isso que eu sentia como uma família.

Aquele que sou em Buenos Aires está mudando, mutando, algo se quebrou, ainda não nasceu nada novo.

Choro um pouco e penso em Ciro.

Ainda sinto sua falta?

Sim, claro. Ainda sinto sua falta. Ainda me dói, quase todos os dias tenho de fazer um esforço, cuidar do ânimo, afastá-lo de minha mente.

Uma vez, há muito tempo, conheci uma garota que, mal terminou a universidade, entrou num frenesi de viagens e nomadismo que durou quase quinze anos: começou pelo Brasil, depois Espanha, massagens na praia, vender biquínis. Na Itália trabalhou num bar enquanto tratava de obter a cidadania. Depois a Índia, a Malásia, de novo a Itália, por um tempo a Inglaterra, de novo a Espanha.

Me contou que, de todos esses lares mínimos que foi montando ao longo de suas andanças, o que mais lhe agradava era que em cada lugar podia ser alguém diferente. Inventar para si uma vida nova cada vez que fazia novos amigos. Ganhar ou perder irmãos, deturpar a história, inventar uma infância feliz escalando os cerros, uma infância feliz de apartamento, uma infância muito triste num barco pesqueiro, uma infância limitada por um acidente com uma pedra, o que fosse.

Em cada lugar contar sobre o pai, a mãe, o avô materno, a avó paterna, os vizinhos, a casa, o bairro, a paisagem, de diferentes maneiras, e ser, portanto, alguém diferente.

Estou acostumado a ser alguém diferente em cada mundo em que me movo: falar com algumas pessoas sobre novilhas e colheitas; com outras, sobre livros e poesia; com outras ainda, sobre arte contemporânea ou cinema; ou sobre flores, tomates e sementes; ou sobre amores e fofocas, com outros amigos.

Mas às vezes, muitas vezes, desejo ser sempre o mesmo.

Ser o mesmo no povoado, o mesmo na cidade, o mesmo no campo, o mesmo quando beijo, o mesmo quando sinto saudade, o mesmo plantando na horta, o mesmo quando escrevo.

E às vezes me parece que quando estou mais perto de conseguir isso é quando dirijo sozinho na estrada, a cento e vinte quilômetros por hora, suspenso nesse movimento, entre a cidade e os campos, pairando sobre os campos de cultivo, sobre a soja que o vento move lentamente sob o sol.

Contar uma história transforma quem a conta.

E às vezes a ficção é a única maneira de pensar o verdadeiro.

Junho

Esse medo nas mãos sobre o volante ao entrar em Buenos Aires. O tremor. O corpo que treme. O que estou fazendo, o que é isso. Uma loucura. O estômago se contrai, as mãos se crispam. Querer retroceder, esquecer, abandonar, mas obrigar-se a seguir em frente, porque vai ficar bem, vai ficar tudo bem.

A velocidade dos outros carros. Uma caminhonete atrás, grudada em meu para-choque, que me obriga a acelerar, a aumentar a velocidade. Tento deixá-la passar, mas a pista do lado está cheia. Sem saber como, acabei na pista rápida, agora não posso trocar.

Zarate, Campana, Escobar. Maxiconsumo Marolio. Um caminhão com um pneu furado, um socorro mecânico que se aproxima. Mais painéis de propaganda. Casas tipo sítio. Passarelas que cruzam por cima da estrada. Torres de luzes e antenas. Piero, o melhor colchão. Gaucho, indumentária resistente. De tanto em tanto, fileiras de árvores. Pelo canto do olho vejo que em todas elas falta alguma que caiu, que não cresceu, que foi derrubada pelo vento, as cortinas incompletas. Meu carro carregado: o porta-malas cheio de caixas de livros, abajures, roupas em sacos de lixo, lâmpadas, uma cadeira no assento traseiro, cobertores, um edredom, caixas com louça embrulhada em papel de jornal.

Panamericana. Duas pistas. Quatro pistas. Seis pistas. Todas cheias de carros. Todos à velocidade máxima. Ver-se obrigado a entrar no fluxo. A seguir. A corrente que te arrasta. Não há retorno. Pronto. Não posso parar. Já estou lançado.

Serrarias.

Galpões de construção.

Postos de gasolina.

Pátios com carros estacionados sob o sol.

Fábricas de móveis.

Casas atrás de muros. Condomínios.

Um pedágio, a autoestrada que se eleva. As casas ali embaixo pequenas, baixinhas. Pode-se ver os seus telhados, as ruas sujas que correm diante delas, água estancada nas sarjetas.

Painéis imensos.

Tanques, cisternas. Prédios que ficaram pela metade. Terraços escuros.

Um carro acidentado em cima de uma coluna. A recomendação de usar o cinto de segurança.

General Paz. Não tinha GPS, nessa época ainda não existia Waze ou Google Maps. Durante toda a viagem tinha repetido, até memorizar, qual saída devia pegar para abandonar a autoestrada e entrar na cidade. Ligar o pisca-pisca, dobrar à esquerda. Estacionar em fila dupla na primeira rua tranquila que encontrasse, ligar para Ciro. Sua voz no telefone, indicando-me cada semáforo, cada rua, o que veria numa esquina, até onde tinha que seguir, onde tinha que dobrar.

Uns dias antes ele havia testado o mesmo caminho de bicicleta e, para poder me guiar, tinha anotado tudo num bloco de folhas amarelas. Ele lia as notas devagar, me perguntando se já tinha visto a placa de uma certa loja de pinturas ou não, a fachada de uma casa coberta de azulejos marrons, uma quadra inteira de rua calçada e de plátanos altos. Dirigir até sua casa com a voz de Ciro em meu ouvido. Ele me esperava à porta. Só quando me viu é que desgrudou o telefone da cara, guardou-o no bolso.

Bem-vindo, disse.

Volto a Zapiola. Vejo que a horta vai bem, está linda, encaminhada. Luiso andou regando a horta nesses dias. Muito mato. As favas crescem num ritmo bom. Os repolhos já criaram folhas grandes, largas. As acelgas, assim, meio estancadas, ou não tão frondosas como eu imaginava que estariam.

As ervilhas também não cresceram muito. Ficaram ali, pequenas. Pensei que poderiam enfrentar o inverno um pouco maiores, mas nasceram apenas uns brotos fininhos, folhas que continuaram pequenas e salpicadas de pintinhas, como se estivessem empestadas ou com oídio. Talvez eu as tenha plantado muito tarde, o solo já estava frio.

As árvores-do-paraíso se destacam, muito amarelas. As folhas do carvalho tornaram-se de um rubro intenso, acobreado, vermelhas.

Falta uma galinha. Pergunto a Luiso, que tinha ficado encarregado de lhes dar de comer e de cuidar de sua água.

Esteve meio caída por uns dias, me diz, e a levei para casa para que não contagiasse as outras. Morreu lá. Deve ter sido algo viral, porque não estava bicada nem nada, simplesmente não queria comer.

Concordo com ele. Tenho pena, mas às vezes essas coisas acontecem. Sobretudo com as poedeiras, que têm fama de delicadas.

Novidades no povoado?, pergunto depois.
Não, nada que eu saiba, diz Luiso.

Às cinco e meia começa o entardecer. Às seis já é noite fechada.
A tristeza do inverno no campo.
As longas noites de inverno no campo.

Ainda que não chegue a gear, primeiro dia e primeira semana de frio intenso.
Acendo a salamandra. Encontro um passarinho morto no compartimento das cinzas. Deve ter se enfiado pelo buraco da chaminé durante o verão e já não conseguiu encontrar o caminho de volta, a saída.

A casa muda. Muda a disposição dos móveis. Agora tudo gira ao redor da estufa.
Esfregar as mãos toda vez que se entra na casa, afastar o frio do corpo, chegar perto da salamandra, estender os dedos sobre o metal.

O cheiro de tangerina impregnado nas unhas. Caminhar até o povoado sob o sol do meio-dia comendo os gomos um por um e deixando cair no caminho as cascas como migalhas ou sinais para que alguém – vá saber quem –, para que ninguém, me siga.

As acácias já sem folhas. Só lhes restam as favas negras, longas e secas, penduradas, retorcidas sobre si mesmas e cheias de sementes. O vento as move e as faz emitir um som.

Uma rã na banheira. Rãs dormindo apertadas umas contra as outras na terra do canteiro.

Bonnard: "*I am an old man now and I begin to see that I do not know any more than I knew when I was young*".[1] Leio isso num livro sobre sua obra.

Frio úmido, nublado. O amarelo das árvores-do-paraíso contrastando com o céu plúmbeo. O difícil que é acordar no inverno. A preguiça. O corpo endurecido pelo frio. Sair de baixo das mantas. Vestir-se. A salamandra apagada. Ir até lá fora para ligar a bomba, buscar água. Colocar o café no fogo. Salpicar o rosto com a água gelada cuspida pela torneira. Os dentes batem, os lábios tremem, uma ardência nas costas. Juntar um pouco de água sobre os dedos muito brancos, quase azuis. Lavar os olhos, percorrer a linha das pálpebras, tirar a remela, alisar o cabelo, molhar a nuca, o pescoço, mal e mal passar um pouco de água pelas axilas. Secar-se rapidamente. O corpo ainda entorpecido, rígido.

O dia começa.

Tempo de hibernar. Tempo de ficar quieto e não fazer nada, deixar que o crescimento venha por baixo, como as raízes de uma árvore, para dentro.

Arrepollado, como dizem os chilenos. "Você está todo *arrepollado*": você está todo para dentro, enrolado sobre si mesmo, crescendo sozinho e pressionado contra seus próprios pensamentos.

---

[1] "Agora sou um velho e começo a ver que não sei nada além do que já sabia quando jovem." Em inglês no original. [N. do T.]

"Duas pessoas que se apaixonam são duas infâncias que se entendem mutuamente", dizem Kristeva e Sollers.

Ciro jogado em sua cama, lendo um de meus livros, enquanto escrevo sentado em sua mesa. Num dado momento, vejo-o deixar o livro sobre o peito, pegar seu telefone, escrever algo. Imediatamente ouço um sinal em meu celular. E-mail de Ciro: "Cresce dentro de mim uma cidade que tem o teu nome. Fede Town. Tem praças, edifícios, pontes, bicicletas, terraços... Cada um de teus livros acrescenta mais e mais imagens e me dá vertigem".

No vazio da planície. De repente, ergue-se um povoado.

Havia nascido e vivido sempre na capital, mas a família de seu pai era de um pequeno povoado de Santa Fé. Durante a adolescência passou ali muitos verões, acompanhava seu avô ao campo, tinha primos e ia sempre visitá-los.
Foi me contando isso aos poucos, em nossas conversas enquanto cozinhávamos, ou quando íamos à feira nos sábados de manhã, ou enquanto passeávamos por Buenos Aires, aos domingos.

Era portenho, mas sabia o que era andar de bicicleta com um bando de amigos na hora da sesta por um povoado ensolarado e vazio, sabia do calor pegajoso das noites de verão tomando cerveja na praça ou na beira da piscina de um clube, sabia o que era assar um leitão no Natal, roubar pêssegos e pular cercas, comer ameixas direto do pé e queimar as verrugas com a gotinha de leite que brota quando se arranca um figo. Ele sabia, conhecia essa paisagem que eu, para poder ser, havia deixado para trás, havia abandonado, havia perdido.

Nunca escondeu que gostava de meninos. Eu podia imaginar: o primo de Buenos Aires, o pequeno escândalo do povoado, a admiração e o temor entrelaçados. A cada dezembro, chegava com as últimas notícias: que roupa havia de usar, como tinham de se pentear, o monte de anedotas das festas a que tinha ido, os famosos com quem tinha cruzado. Em sua bolsa levava fitas cassete gravadas diretamente do rádio, bandas indies que conhecia quando ninguém ainda as conhecia e que agora os fazia escutar no toca-fitas do carro de seu avô, enquanto davam voltas e mais voltas, nos sábados à tarde, a prima mais velha ao volante, os cotovelos para fora, os vidros das janelas abertos para que corresse algum ar.

Eu podia imaginar, vê-lo com olhos de quem viveu num povoado: o primeiro brinco na orelha que alguém já vira nos confins da província, o primeiro piercing na língua, o primeiro garoto com o cabelo tingido no final de ano em que escolheu ser dark e usar o cabelo preto, os telefonemas do namoradinho que havia deixado na capital e que ele atendia sentado no chão, junto ao telefone, brincando de enrolar e desenrolar o fio com os dedos, os bonés com as abas viradas para trás, as pernas raspadas no joelho, a bicicleta emprestada, o cheiro da cerveja, o arrancar as crostas secas e comê-las sentado no meio-fio, as garotas que se apaixonavam perdidamente porque ele era inatingível, adorável, citadino.

Eu podia imaginar tudo isso, a cada manhã, quando o via se levantar da cama com cara de sono, ou enquanto preparava o mate, ao cheirar seu corpo, ao andar por sua casa, os livros de suas estantes, a nítida ordem das gavetas onde guardava suas cuecas, o pequeno refúgio que tinha criado, um velho apartamento num primeiro andar, acima de todas as outras casas do quarteirão, ao qual agora me convidava.

Era como se o conhecesse de outra vida, como se nossas infâncias se complementassem, como se não fosse preciso dizer absolutamente nada e tudo estivesse claro desde sempre.

Arranco ervas e pontilho umas canaletas de drenagem. Um almoço rápido e uma sesta curta. O vento me desperta: as tiras da cortina-mosquiteiro que batem na porta da cozinha. Lá fora, a temperatura baixou ainda um pouco mais. Leio em frente à salamandra. Por momentos o sol aparece, mas a maior parte do tempo está nublado. Frio e ventoso. Ao entardecer, saio para caminhar. Vou até a mata de álamos. Os que estão bem lá dentro têm apenas umas poucas folhas. Os carcarás já começam a se acomodar nos galhos das acácias para passar a noite. Os ximangos voam em círculos. Muitos patos no banhado. Mal me aproximo e já alçam voo. Um preá cruza o caminho correndo. Volto. *Tortilla* com acelga e couve kale picada fino. Também um creme de ervilhas, desses de envelope.

Os sons na noite, ao entrar na casa. As tiras das cortinas. A porta de madeira. A mesma combinação de sons que fazia a porta que dava para o pátio, para a lavanderia, na minha infância, no campo de meus avós. O silêncio do lado de dentro.

O crepitar das brasas na salamandra, atrás do ferro.

O sonho de algum dia ter um fogão a lenha.
O prazer de dormir com muitas mantas e muito peso sobre o corpo.

Folhas amarelas de árvore-do-paraíso salpicadas sobre a terra recém-limpa do canteiro novo.
Repolhos da variedade "coração-de-boi": não sei se se chamam assim porque os bois são bons e fiéis ou porque têm uma forma pontiaguda.
A casa em plano geral ao entardecer, as cores douradas da última luz de inverno.

Depois chove e as árvores-do-paraíso ficam nuas.

Acordo com os trovões, os relâmpagos se infiltrando entre as frestas da janela, os clarões deixando o céu todo branco. Tempestade. Chuva aos montes. Vento forte, em redemoinho. Ouço gritos na escuridão. Mexo no interruptor do abajur, mas não há luz. Me levanto e caminho às cegas até a cozinha. No meio da noite, a chuva açoita as árvores, o telhado, as paredes da casa. O barulho das chapas de zinco do telhado é assustador, mas, de vez em quando, entre um golpe e outro do vento, acho que reconheço – lá fora, ao longe, gritando – a voz do vizinho, seus xingamentos. A lanterna está na primeira prateleira da despensa, perto dos copos e das taças, num canto. Acendo-a e aponto para baixo, para o chão, um pequeno círculo de luz sobre os ladrilhos. Vou até a escrivaninha, apago a lanterna. Descalço, espio pela janela, para ver o que está acontecendo.

Em meio à chuva que corre pelo vidro, vejo a caminhonete do vizinho, atravessada na estrada, com os faróis iluminando minha horta. O vizinho é uma sombra escura, de ombros caídos, que vai e vem, corre e passa à frente das luzes, resvala, grita, cai, segue, se levanta. A chuva lhe escorre pelo queixo, pelos cabelos, salpica, rebenta em seus ombros, suas costas. A princípio não consigo entender o que está fazendo. Um ataque de fúria, de novo? Depois, o guincho de um porco e uma sombra que cruza rápida pela frente dos faróis. Parece que empina, que levanta as ancas e dá um coice. Atrás, o vizinho, que tenta agarrá-lo, corre com os braços estendidos. De repente, entendo: os porcos escaparam. De repente, entendo: os porcos se enfiaram em minha horta! Sinto o coração apertar, comprimir o peito. Vão destroçar tudo, meus canteiros, os repolhos, a acelga. Eu os escuto guinchar, perseguidos. O vizinho vai e vem. Estou a ponto de sair, mas me detenho. O que vou fazer? Para quê? Espantá-los? Depois de um tempo, o vizinho entra na caminhonete, dá uma ré, gira e a luz dos faróis me enche os olhos, me cega, ilumina toda a fachada de minha casa. Por puro instinto, me agacho, embora saiba que, a essa distância e no meio da chuva, é impossível que me veja. A caminhonete agora ilumina as paredes de alvenaria de um de seus galpões, mas só por um instante. Volta a se mover, está de lado. Posso ver as duas luzes vermelhas, na parte traseira da caçamba. Acelera, contorna os galpões, se perde atrás deles, se afasta em direção à área do criadouro. Silêncio. Agora só resta a chuva, e mesmo a chuva parece cair com mais calma. Demoro bastante tempo para voltar para a cama. Só quando me deito é que me dou conta de que minhas pernas e meus braços tremem, que meus pés estão gelados.

Não consigo dormir, apenas cochilo, me perco em pensamentos que se enredam, se tornam estranhos, ilógicos, puro sono interrompido.

Visto as botas de borracha e saio a explorar num amanhecer de penumbra, azulado, muito úmido. Já não chove, de vez em quando chuvisca.

Alguns estragos, poucos, na horta. Os porcos reviraram a terra dos sulcos de cebola, esmagaram as alfaces, um pouco as acelgas, pisotearam uma parte do canteiro de favas. Os maiores estragos foram no canteiro novo, mas ali ainda não há nada plantado, de modo que não é um problema, é só nivelar a terra e deixá-la uniforme outra vez. Quanto ao resto, tudo muito verde e úmido. Um dos brócolis, o mais alto, ficou de lado por causa do vento, quase caído, vou ter de colocar um apoio. Muito barro na estrada.

Outra galinha morta depois da tempestade. Encontro-a no meio de um charco, as patas amarelas, pálidas, como se estivessem lavadas, estendidas para trás, os três dedos calosos curvados sobre si mesmos, fechados como num casulo. Não entendo o que faz ali. Por que não ficou do lado de dentro? As penas estão todas molhadas, cheias de água, grudadas ao corpo. Parece raquítica. Não dá para ver sua cabeça, está debaixo da água marrom, enterrada no charco, submersa. Como se tivesse caído de cabeça, apesar de o charco não ser profundo, não deve ter nem três centímetros.

As duas galinhas que restam escavam no barro, ao seu lado, sem prestar-lhe atenção. Agarro a galinha morta pelas patas. É como tocar o corpo de um sapo, mas endurecido.

Cruzo o campo de trás com a galinha morta pendurada ao meu lado. Seguro-a pelas patas, o bico vai se arrastando sobre os pastos muito verdes, carregados de água. Quando chego ao alambrado, giro-a no ar e a atiro longe, na direção do banhado. Cai com um ruído surdo e se perde entre os alecrins, os tamarindos, os rabos-de-cavalo.

Luiso me encontra na horta, tratando de ajeitar os canteiros. Já não chove, e ele fica me olhando por algum tempo. Tira um cigarro do bolso da camisa, acende-o.
Agora não vale a pena, me diz. Precisa esperar que seque. Se você mexer na terra agora, não vai conseguir fazer mais do que um cascalho.
Conto a ele sobre os porcos, as cebolas, as alfaces.
E o que ele estava fazendo aqui ontem à noite?, pergunta Luiso. Dorme aqui agora? Não volta para Lobos?
Dou de ombros. Digo que não sei.
Que horas eram quando você o viu?, me pergunta Luiso.
Umas quatro e pouco, quase cinco.
Será que veio morar aqui? Será que minha irmã o expulsou de casa?, pergunta.
Não sei o que responder e começo a amarrar o pé de brócoli caído a uma haste que cravei na terra ali ao lado.
Vai lá reclamar dele, me diz Luiso. Vai lá e explica para ele que não pode deixar os porcos soltos desse jeito. Fazem estragos, vão destruir todas as tuas coisas.
Ele não os deixou soltos, digo. Eles escaparam.
Ele os deixa soltos, eu sei do que estou falando, insiste Luiso. Os cascos dos porcos estragam de tanto ficarem presos e então, às vezes, ele os solta, até que fiquem curados.
Mas, Luiso, para quê ele iria sair para prendê-los às quatro e meia da manhã. Eles escaparam.
Vai lá reclamar dele, diz Luiso outra vez. Não pode ser. Se não, amanhã você vai encontrar uns dez leitões na

horta. Eu sei do que estou falando, esse sujeito não se importa com nada.

Luiso insiste tanto que, por fim, cruzo a estrada e vou falar com o vizinho. O pátio encharcado em frente aos galpões, uma caçamba sem rodas apoiada sobre quatro troncos, pilhas de baterias velhas, tonéis enferrujados. Bato as mãos e, lá dentro, os cães latem, mas não saem. Estão encerrados no galpão, ouço-os rasparem as patas contra o portão de lata. Bato outra vez, e outra vez os cães latem.
Com licença, digo, e espero um pouco. Recuo.
Fazendo-se de desentendido, Luiso foi para o lado de seu galpãozinho e finge trabalhar em algo, mas na verdade olha para mim. Com um gesto de mão, me indica que entre, que siga.
Com licença, digo de novo, e outra vez chamo batendo com as palmas das mãos.
Pela fresta na parte de baixo do portão de lata posso ver os focinhos dos cães, forcejam para o lado de fora, sentem meu cheiro no ar. Junto ao portão há uma porta entreaberta, desconjuntada. Empurro-a levemente e ela se abre. O lugar não é mais que uma tapera, um cômodo pequeno com apenas uma janela. As paredes estão sem reboco e o chão está coberto de areia. Vejo, num canto, um lastro velho apoiado diretamente no solo, com um colchão de solteiro em cima, sem lençóis, mas com um travesseiro e um amontoado de mantas. Ao lado, junto à cabeceira, umas botas de borracha com barro ainda úmido, um rádio de pilha, um aquecedor a gás. E, pendurado num prego, numa das paredes, um cabide com uma camisa azul-celeste, limpa, passada.
Olá! Tem alguém aí?

Ouve-se apenas os cães a latir.

Fecho a porta, me afasto devagar.

Não está, não tem ninguém, digo a Luiso quando volto para a horta.

Não lhe falo das mantas, do aquecedor, da camisa. Não digo nada a ele.

Tomara que minha irmã tenha mandado ele à merda, diz Luiso, de qualquer modo.

Os sentimentos nunca são uma palavra. São uma superposição dinâmica de gases que vão se revelando aos poucos, solapando, substituindo-se uns aos outros, transformando-se em líquidos ao se encontrarem, cristalizando-se em velhas dores, em amores sossegados.

A linguagem serve para as percepções, para tudo o que entra pela pele, para as astúcias dos cinco sentidos, mas os sentimentos sempre escapam um pouco a ela. As palavras os perdem, ou costumam perdê-los, ou nem sempre são suficientes para aquilo que se sente por dentro, no espaço entre a mente e a carne.

Aqueles primeiros meses, aqueles primeiros anos, inclusive, quando, ao erguer os olhos de repente, encontrava-o ali, comendo do outro lado da mesa, ou lavando os pratos, ou lendo atirado no sofá, ainda me perguntava: quem é este estranho? Como posso confiar tanto neste garoto? O que será que me oculta? Quando isso vai terminar?

Aqueles primeiros meses, aqueles primeiros anos, quando, de repente, ao erguer os olhos e mirar ao redor ainda não conseguia acreditar que tudo aquilo estivesse certo.

A grande alegria, a felicidade que batia de repente, quando me afastava só um pouco do dia a dia e podia olhar. Que sorte, encontrar-se assim! Que privilégio, que alegria, termos nos encontrado assim, termos confiado, termos nos animado a pegar a autoestrada, a nos deixarmos arrastar entre os carros, termos nos deixado levar.

"*Eventually soulmates meet, for they have the same hiding place*",[2] essa frase apenas, Ciro me mandou um dia, num e-mail. Eu estava escrevendo, atirado no sofá, o computador sobre as pernas. Ele supostamente estava trabalhando, sentado em sua escrivaninha, cinco metros adiante.

Te amo, eu disse, e girei um pouco a cabeça, buscando-o com os olhos.

Eu também. Me deixa em paz, respondeu, sem levantar as mãos do teclado nem se voltar para me olhar.

Seu colchão era muito velho, muito incômodo, cheio de molas estropiadas que formavam uns buracos ou que saltavam para fora, empurravam o tecido, formavam lombos de burro, picos, grumos na superfície. Ciro dormia sempre na mesma posição e do mesmo lado, a marca de seu corpo já tinha se impregnado nas molas e isso não o incomodava, mas para mim era impossível dormir naquele colchão, então quase sempre eu preferia voltar para o meu apartamento. Minha cama era nova, boa, macia. Nos fins de semana ele ia dormir comigo.

---

[2] "Mais cedo ou mais tarde as almas gêmeas se encontram, pois elas se escondem no mesmo lugar." Em inglês no original. [N. do T.]

Cozinhávamos em sua casa, porque a cozinha era mais cômoda e mais organizada. Dormíamos na minha. Eu já tinha me mudado, tinha meu próprio apartamento. Vivíamos no mesmo bairro, a uma quadra e meia um do outro. Íamos e vínhamos todos os dias. Conhecíamos de memória, os dois, lajota por lajota, aqueles cento e cinquenta metros, três minutos exatos, quatrocentos e trinta e quatro passos.

Ciro fazia sempre a mesma piada: não trocava o colchão porque senão eu iria me instalar definitivamente em sua casa e ele nunca mais poderia me tirar de lá.

Como a maioria de suas piadas, foi a forma que encontrou de dizer as coisas que não podia ou não sabia dizer de outra maneira. Eu entendia a mensagem, mas ao mesmo tempo não a entendia. Sempre restava uma dúvida no fundo da brincadeira: ele dizia aquilo de verdade, era uma advertência, um "fique longe"? Era apenas uma maneira de colocar em palavras uma tensão, assumi-la, dar-lhe espaço? Ou, vai ver, não seria nada além de uma maneira de rirmos de nós mesmos e não significava nada?

Às vezes todo esse enrosco de coisas não ditas ou ditas pela metade se metia em minha cabeça e começava a quicar ali e a dar voltas, até que se transformava em angústia, ou cansaço, ou sofrimento.

Depois nada acontecia: Ciro estava ali, queria estar, nossa relação continuava, encontrávamos espaços para falar, para rir, o que importava era o dia a dia.

Aos poucos aprendi a não prestar atenção a suas indiretas. A ouvi-las somente como algo que precisava ser dito, mas que não tinha consequências. Aprendi também a intuir seus medos, o que calava e o que dizia nas entrelinhas, o que tinha de se esforçar para vencer. Nós dois ainda estávamos nos conhecendo, avançávamos às cegas, não queríamos apostar demais nem sair feridos.

Jogávamos esse jogo o tempo todo: eu chegava perto, Ciro recuava dois passos. Limites carinhosos cada vez que me via muito próximo. Sua distância me deixava inquieto, eu me afastava, mas cheio de dúvidas. Então ele reconsiderava, dizia algo, fazia algum gesto: me chamava.

Certa vez, num jantar, escutei de esguelha uma conversa de Ciro com uma amiga, um pouco afastados.
"Um neurótico sempre precisa de um lugar seguro onde se esconder", disse a ela.

Em certas noites, quando voltava caminhando sozinho para o meu apartamento, no fundo, bem no fundo, me pegava pensando: onde vou encontrar outro como ele? Se ele não me quiser, quem mais poderia me querer?
Era uma surpresa me descobrir assim: o que era este medo novo? De onde tinha saído? Quem era este novo eu? Onde havia ficado aquele que podia fazer tudo sozinho, que não precisava de ninguém, aquele que ia chegar longe e mostrar a todos que assim estava bem?
Era amor isso que havia me transformado tanto?

Com o passar dos anos, dos meses, me acostumei a essa respiração na forma, na maneira de nos querermos.
Um equilíbrio dinâmico entre minhas ansiedades e suas fobias.
Meu medo de ficar sozinho, meu medo de perdê-lo.

Seu medo de ficar preso, seu medo de que gostem dele e depois deixem de amá-lo.

E convencia a mim mesmo: por que deveria ser fácil, se o encontro é tão difícil?

Essa é a maneira de construir um casal de verdade, um casal a sério, dizia.

É um trabalho, é preciso ter paciência.

O medo que cada um tinha de que o outro nos visse desde dentro.

Um vaivém feito de contínuos e complementares desequilíbrios do susto.

Dia perfeito, sol de inverno, quase não faz frio. Tudo muito verde. A casa gelada e úmida. A horta linda. A cortina de álamos sem folhas, a pequena mata de acácias, nua. A glicínia quase completamente amarela. As duas galinhas restantes já começaram a cacarejar, mas ainda não estão botando ovos. Na horta, os repolhos começando a formar bulbo, a couve kale Red Russian está em seu melhor momento e todos os dias junto uma sacola cheia deles. Como-os com arroz, ou refogados com massa, ou fervidos. Não gosto deles crus, em saladas, me parecem muito duros. Já dá para começar a cortar algumas folhas da kale comum, embora ainda não esteja pronto.

As favas não servem para nada. E das ervilhas restou apenas um pouco. Colhi umas cenouras grossas como cabos de vassoura, e bastante longas. Ainda não tivemos geada e a planta grande de tomatinhos chineses continua de pé e produzindo. É incrível. Apesar do frio e das chuvas, tem uns seis ou sete maduros e ainda uns dez ou doze verdes, faltando amadurecer. A acelga está grande e densa, se quisesse poderia colhê-la uma vez à tarde e outra vez pela manhã.

A terra já secou bastante e transplantei a segunda leva de repolhos e de couves kales para o canteiro grande, junto às ervilhas e à mostarda. Nivelei e ajeitei um pouco mais o canteiro que tinha sido destruído pelos porcos. Também fiz um outro canteirinho ali ao lado, onde estavam as vagens.

Não voltei a ver o vizinho desde o dia da tempestade. Às vezes ouço a caminhonete que entra e sai, mas sempre tarde da noite. Também já não se sente tanto como antes o cheiro dos porcos.

Luiso envolve as torneiras com estopa, cobre-as com um balde de vinte litros virado para baixo. Diz que esta noite vai ter geada e que é preciso se preparar. À meia-noite acordo congelado, pego mais um cobertor, atiro meu casaco grosso aos pés da cama. Coloco mais umas duas toras de madeira na salamandra.

Amanhece e, sobre os bebedouros das vacas, há uma capa de cinco centímetros de gelo. Luiso chega cedo e a quebra, estilhaça-a com um pedaço de pau. Os pequenos estilhaços de gelo estalam sob a sola de minhas botas quando caminho sobre a grama dura. A cada lufada, o ar gelado como um soco nos pulmões, os lábios dormentes, insensíveis, tremendo como se não fossem meus.

A dor contínua nos ombros, por andar o dia todo como se os estivesse encolhendo, retraindo-os para esconder o frio do peito, como os frangos, como as galinhas, como os pássaros, concentradíssimos sobre si mesmos, condensados para dentro, em cima de seu galhinho seco.

Já não há rastros do verão na horta. As geadas queimaram tudo. Arranquei as zínias, os cravos-de-defuntos, os tomates, as vagens, arranquei as últimas abóboras. Imediatamente depois da geada, começaram a secar. Com a chuva, transformaram-se em palha apodrecida, úmida, cinzenta.

Ando sujo o dia inteiro, com cheiro de fumaça na roupa, nos cabelos, a pele escurecida, barro debaixo das unhas. O corpo coberto por várias camadas de tecido. A pele coberta. Cheiro de cachorro impregnado no cabelo. A roupa que não troco. A sujeira como uma forma de manter o calor. O ritmo do inverno agindo sobre meu corpo.

Acordo com o nariz entupido. Muco, dor de cabeça, uma contratura no pescoço. Moleza e vontade de não fazer nada, apenas um pouco de febre. Preparo um café com leite, ponho mais lenha na salamandra, me sento para ler.

Pouco tempo depois conheci sua mãe e sua irmã. Começamos a almoçar juntos aos domingos. No início era Ciro quem cozinhava, alternava raviólis que comprava numa fábrica de massas e frango ao forno com salada. Aos poucos, fui me encarregando do menu e da cozinha. Conheci seu sobrinho. No primeiro desses almoços, não devia ter mais do que dois anos e meio, ou três. Logo nos tornamos amigos. Desenhávamos com giz de cera em grandes folhas de papel pardo. Espalhávamos o papel pelo chão e fazíamos pistas para os carrinhos, árvores e casas à beira da estrada. Com caixas de chá e de remédios fazíamos rampas, pontes, prédios. Nós os colávamos com fitas adesivas, com um estilete eu fazia portas, janelas, alpendres, sótãos.

Mais adiante começou a fase das brincadeiras com peidos, as competições de arrotos, as disputas para ver quem tinha comido a comida mais nojenta do mundo inteiro:

Eu uma vez comi ranho de dinossauro!
E eu comi cocô de hipopótamo!
Eu comi miolo de cachorro!
Eu comi língua de aranha!

Domingos luminosos na casa alta, a casa cheia de sol. O sol entrando por toda parte, banhando de luz branca a cobertura do piso, a mesa de madeira clara, as plantas escalando as janelas.

Já fazia algum tempo que o pai de Ciro tinha voltado a morar em seu povoado. Ia a Buenos Aires muito de vez em quando, a cada dois ou três meses. Quando estava de visita, jantávamos com ele aos sábados. Às vezes na casa de Ciro, às vezes nos convidava para ir a algum restaurante de que gostava.

O dia em que o telefone tocou e avisaram ao Ciro que sua avó tinha falecido. Me pareceu que ele não podia viajar sozinho, de ônibus, então me ofereci para levá-lo. Era uma viagem longa, seis ou sete horas dirigindo. Chegamos quando a cidade começava a despertar da sesta. Um povoado plano, baixo, ruas com poucas árvores, não muito diferente de Cabrera, mas mais úmido, mais quente, com mais cheiro de rio e de verão.

A sala do velório ficava em frente à praça. O pai de Ciro logo saiu para nos receber.

"Ele é o namorado gay do meu filho", me apresentou a todos os seus parentes.

Evitou apenas umas duas tias muito velhas e um primo distante, que tinha sido militar e já estava aposentado.

Numa história de órfãos, o impulso é sempre o de achar uma casa, encontrar abrigo.

Farto de comer acelga, dou de presente a Luiso uma sacola cheia e levo outra ao povoado, para ver se alguém quer. Deixo-a com Anselmo no armazém, para que ele a dê a quem bem entender.

Também lhe ofereço couve kale.

O que é isso?, me pergunta Anselmo, como se fedessem ou fossem contagiosas, e olha de uma certa distância para a sacola com as folhas recém-cortadas.

Explico a ele.

Kale, kale, ele repete. E tem gosto de quê?

Mais ou menos a meio caminho entre a acelga e o repolho.

Agora está na moda, dizem que é um superalimento. Anselmo concorda.

Não acho que alguém aqui vá querer, diz.

Te deixo um pouco, assim você prova?, ofereço-lhe.

A verdade é que eu quase não como isso, então é melhor não, obrigado, diz Anselmo.

Volto para casa caminhando devagar, com a sacola de couve kale nas mãos. É volumosa, mas leve. De longe vejo que um caminhão sai muito lentamente do terreno onde funcionam os fornos de tijolo, carregado até o topo. Vira para enveredar em direção a Lobos e parece inclinar-se um pouco para o lado. Para. Um tossido de fumaça negra brota de seu cano de descarga. Depois, como gaguejando, arranca outra vez. Avança devagar sobre o barro, mas não resvala. Levanta a água das poças à sua passagem.

O céu está cinzento e a qualquer momento pode chover de novo, portanto, em vez de ir por trás, sigo pela estrada grande. Quando passo em frente ao terreno dos fornos, me chama atenção ver que tudo está tranquilo e quieto. Não há um único trator rodando no picadeiro, nem cortadores fazendo adobe, nem pilhas de tijolos secando, nem fumaça em parte alguma. Consigo ver as duas pás escavadeiras estacionadas ao fundo, uma delas com a cabine coberta por uma lona preta. Só resta o zelador, tirando água de uma das poças que se formaram sobre uma das quadras com um rodo. Reconheço-o de longe, foi um dos que me ajudaram a fazer a mudança. Me aproximo para cumprimentá-lo.

O que houve?, pergunto-lhe, e mostro os poços, as montanhas de terra, a pilha de tijolos quebrados e descartados, a superfície laranja do solo, feita de milhares e milhares de tijolos triturados ao longo dos anos.

Nada, diz ele, e levanta o boné à guisa de cumprimento, apoiando-se com os dois braços sobre o cabo do rodo. Lá se foi a última fornada, diz, e aponta para a estrada, na direção de Lobos.

Não vão trabalhar mais?, pergunto. Estão fechando?

Terminou a temporada. Com esta umidade o barro já não seca. Até que o tempo melhore, não se pode fazer nada.
Não se trabalha?
O homem fez que não com a cabeça.
Até fins de agosto, início de setembro, conforme o ano, disse. Tem sido assim desde sempre, e vai continuar sendo assim. No inverno se descansa.
Faz muito tempo que você faz isso?, perguntei.
Minha família faz tijolos há muitos anos. O avô de meu avô já fazia tijolos. Aqui é fácil, há terra de sobra para fazer tijolos. Quando se esgota, vamos para outro lugar.
Assenti.
Uma vez eu construí uma casa, disse a ele.
O homem olhou para mim. Sorriu.
Eu também, disse.
Ainda mora lá?, perguntei.
Sim, disse o homem. Ainda moro lá, com a minha senhora, com as crianças. Fica para lá, disse, e apontou para o lado do povoado. Para aquele lado.
Em Zapiola?
Não, passando.

Depois lhe ofereci um pouco de couve kale, mas, como Anselmo, disse que não, obrigado.

Durante vários meses procuramos apartamentos, do tipo PH.[3] A ideia era alugar a casa de Ciro, juntar esse

---

[3] PH: propriedade horizontal. São casas que foram divididas e transformadas em apartamentos menores, geralmente com entradas independentes. [N. do T.]

dinheiro ao do meu aluguel e nos mudarmos juntos para algo maior. Mas não encontrávamos lugar para nós, ou não gostávamos de nenhum daqueles que ficavam dentro de nosso orçamento. A rotina de todas as tardes era olhar os avisos de ZonaProp e espreitar a intimidade de mortos ainda frescos, de famílias recém-separadas, fotos com flash de manchas nas paredes, corredores escuros, pátios que não eram pátios, tristezas cotidianas, tanques cheios de roupa suja, pias cheias de limo, água estancada.

No final, a ideia foi dele: por que não construir na parte de cima, em sua própria casa, acrescentar um quarto, um escritório e um banheiro naquilo que até aquele momento era apenas um terraço inútil. Uma vez, pouco depois de Ciro ter comprado seu PH, um arquiteto lhe disse que isso era possível e rapidamente esboçou algumas plantas. Até dava para fazer uma sacada bem grande, uma espécie de esplanada com uma pérgola, um canteiro, uma mini-horta, muitas plantas.

Acomodamos os móveis maiores num lugar que parecia seguro. Empacotamos seus livros em sacos de lixo para que não pegassem pó, nem fossem salpicados pelo cimento fresco ou pela tinta. Ciro, com sua gata e todas as suas plantas, se mudou para o meu apartamento durante todo o tempo da obra. Foram quase quatro meses vivendo numa espécie de selva e de móveis duplicados. No meio do caminho, um telhado veio abaixo, um cano quebrou, a casa inundou, o orçamento triplicou, nos endividamos, lidamos todos os dias com os pedreiros, com os preços dos materiais, com a pintura, as aberturas, os metais sanitários.

Para diminuir custos, passamos os fins de semana e muitas tardes lixando portas, pintando paredes, passando revestimento, Cetol, antioxidante, removedor, verniz, camada após camada. Pesquisamos preços, muito sobre materiais e ferragens, pisos e isolantes. A construção da escada. A instalação elétrica e tudo a respeito dos canos para água. O tanque novo, as grades para as janelas, o parapeito, a grande porta de quatro folhas que saía do quarto para o terraço, os mostruários de tinta, os mostruários de tomadas e chaves de luz, as portas do armário e seus interiores, os caríssimos artefatos elétricos, as tardes nas casas especializadas em iluminação rondando em torno de quatro ou cinco luminárias, avaliando repetidamente a etiqueta com os preços, somando, subtraindo. Checar no telefone o vencimento do cartão de crédito. Ir ao banco trocar mais dólares.

Palavras novas que começaram a preencher nossas conversas: tranca, desempenadeira, pintor de fachada, lixa-d'água, Ceresita com "S", mordente.

Estávamos cansados e contentes, e o tempo todo temíamos que algo explodisse, que a laje caísse, que o pedreiro fugisse com o dinheiro, que o quarto ficasse muito pequeno ou muito grande, que não fosse certo o que estava acontecendo.

Aos poucos começaram a levantar as paredes: tijolo por tijolo. Crescia algo sólido, algo estável, grande: uma casa, nossa casa.

Construímos uma casa.

Construímos um refúgio e nos encerramos dentro dele, para viver todas as nossas sestas e nossas noitadas.

Todos os beijos, os abraços, as brincadeiras, as conversas intermináveis.

Todos os momentos em que buscaríamos um ao outro ao sair do banho, ou logo depois de acordar, ou rápidos antes do jantar, ou lentos, os dois cansados, ao voltar de alguma viagem.

O sol do amanhecer lambendo nossos corpos sonolentos. O sorriso de Ciro, a alegria. Seu hálito no travesseiro.

Nossa casa, uma pequena fortaleza onde se podia dormir com as janelas abertas, dois andares acima do resto do mundo.

Abrir os olhos e só enxergar céu, a imensidão do céu imenso, grande, vazio.

Faz quase vinte dias que chove diariamente. Temporal de chuviscos, e aguaceiros fortes, intermitentes. A estrada está um desastre de tanto barro, apenas um rastro firme que por momentos se perde e desaparece entre lagunas, lodaçais, charcos. Frio, nublado.

Choveu tanto que há água para todos os lados, barro. Água encharcada, podre. Os ladrilhos dentro da casa estão sempre úmidos e gelados. Nem bem o sol se põe e o pasto fica molhado, uma camada de névoa até os joelhos cobre os campos. Umidade, frio. Todos os velhos do povoado com medo de ficarem doentes.

Ao acender a salamandra, a umidade se condensa e as paredes se molham por dentro. Água que jorra. Para que o calor se concentre, fecho portas, abandono o escritório e a cozinha à sua própria sorte.

Dois pombos, muito quietos sobre um galho, enquanto a água cai sobre eles. Cai e cai. Cada gota desenha um círculo que se expande na poça aos pés da árvore. E cada nova gota interrompe a expansão do círculo velho e traça um novo. Assim, aos milhares, simultaneamente, o tempo todo.

A escuridão se abate, rápida, sobre a horta. Foi um dia curto, de inverno. Em momento algum o sol brilhou. O céu, de um negro transparente, recorta a escuridão opaca da terra.

Amanhece. Uma névoa branca e densa envolve tudo. A relva está completamente molhada. O orvalho pende da beira das folhas longas, arqueadas pelo peso das gotas. O orvalho transforma o verde intenso da relva numa cor quase azul, quase cinza, quase prateada. A fumaça da chaminé se espalha em direção à terra, estanca, seu odor preenche todo o pátio, a varanda, os canteiros. Meus passos ficam marcados na grama com traços de um barro denso, negro. Aos poucos, o sol vai tingindo de rosado a neblina. Faz muito frio. Um frio úmido que penetra nos ossos.

A estrada está cheia de barro. Intransitável. Ouve-se o trator do vizinho, mas já não se escutam os porcos. Um homem passa pela estrada, a pé. Está com botas de borracha, uma boina, vários pulôveres superpostos. Anda sem casaco. Olho para ver se é o vizinho, mas não, não é. Ou não me parece que seja.

Chove constantemente. Uma chuva uniforme. Não se pode fazer nada. Dias inteiros em que a chuva é como um murmúrio. Adormece. Comer, sair, colocar lenha na estufa, tudo é um esforço. Uma luta. Sujar-se. Molhar-se. Não fiz outra coisa além de dormir o dia inteiro.

Uma casa pequena, no meio do pasto. Amontoada sobre si mesma, janelas pequenas, escura por dentro. Sopa. Vapor que escapa das panelas numa manhã de inverno. Quando a tampa da panela começa a tremer, baixo o fogo.

Os invernos em Cabrera são diferentes. Poeirentos e muito secos, com outra paleta de cores: cinzas luminosos, bege, marrons, cores pouco saturadas. O cheiro do frio extremo. Um cheiro de ozônio misturado com cheiro de areal, um cheiro de poeira. Cheiro de vento. A poeira está sempre pairando, ou se assenta tão lentamente que não se consegue ver. Resta seu odor impregnando os cabelos, grudando na pele, areia na concha das orelhas, os lábios que racham, a pele que racha, terra seca no nariz, na comissura das pálpebras. Aqui em Zapiola, ao contrário, o cheiro é de umidade, de barro, de água estancada, de algo podre, de tudo sempre molhado o tempo todo.

As coisas mofam dentro do roupeiro. Manchas de mofo de um cinza como de aço, de um verde seco. Manchas como milhares de pontinhos pretos. Brotam fungos no espaldar de couro das poltronas, também no casaco, na capa de chuva pendurada no cabide.
Ontem voltou a chover a noite inteira e não sei o quanto, porque o pluviômetro marca até cento e vinte milímetros, mas há vários dias não saio para esvaziá-lo e ele acabou transbordando. Água por todos os lados. O pátio inundado, a horta inundada, a aleia dos álamos debaixo d'água, água nos campos, a estrada grande inundada. Não se pode usar o

banheiro porque a fossa transborda e a água brota pelo ralo. Agora vento e frio. O vento afastou a tempestade, mas continua nublado. Dia cinza. A casa rodeada de água.

Água estancada de inundação. No meio do campo, um corredor espelhado em duas lagunas. O aterro do trem.

Em algumas manhãs, Luiso já nem vem.

Dias inteiros em que não vejo o céu, só nuvens baixas, pesadas, cinzentas. Sinto falta do ar limpo, azul, transparente. Vou dar de comer às galinhas. Ao me ver, se alvoroçam, cacarejam, se aproximam da porta. Atiro dois punhados de milho partido e os restos de lixo orgânico. Talos de alho-poró, as folhas das cenouras, cascas de batatas. As galinhas estão fracas, úmidas de tanta água, as penas gosmentas deixam ver a pele amarela embaixo e as faz parecer pequenos urubus de aterros de lixo, macilentos e desnutridos. De qualquer jeito, ficam bicando no meio do barro e chafurdam com gosto sobre as poças, salpicam e saem correndo com uma folha no bico, excitadíssimas, como se estivessem fazendo algo proibido, como se a folha fosse um tesouro e o estivessem roubando.

Algumas coisas precisam ser nomeadas porque, se não, não existem; outras há que calar, para que não sejam. Há que nomear as nuvens. O céu. Cada pássaro, cada erva. Às vezes faço essa experiência: caminho e trato de nomear tudo o que vejo. As folhas de um arbusto cujo nome não conheço, um poste do alambrado, uma vara, os rastros que os tratores deixam no barro pela manhã.

Há que calar o mistério. Ater-se às coisas. Olhar somente de fora. O de dentro não se consegue ver. Do de dentro é melhor não falar.

É muito raro apenas ser, estar dentro, todo o tempo consigo mesmo, conhecer-se em cada desgraça. E calculando quanto os outros podem ver, o que imaginam, quanto deixamos que saibam. Estar dentro da gente mesmo e não dizê-lo. Silêncio. Silêncio.

Um dia, quando já morávamos na casa nova, Ciro me mandou por WhatsApp essa fotografia de Wojnarowicz, em preto e branco, a dos búfalos caindo de um desfiladeiro.
    É a foto mais triste que vi em minha vida, ele disse. E a que eu mais gosto.

O corredor longo e escuro, o jasmim-dos-poetas do vizinho, que passava por cima da empena e preenchia as noites frescas com seu aroma. A escadinha estreita, as suculentas sobre o suporte; o Playmobil gigante, de concreto, que dei de presente a Ciro num Natal e que ali cumpria o papel de anão de jardim entre as plantas. Os dois ficus, a porta de metal branca, ligeiramente cortada embaixo. O piso de porcelanato. As janelas imensas. Um mundo em miniatura feito de plantas, azulejos reciclados dos anos sessenta, uma faixa de aço imantado para prender as facas, o balcão também de concreto, a lata de lixo verde encostada à parede que sempre se manchava, a geladeira velha. Eu era o encarregado de cozinhar, Ciro lavava os pratos. Móveis de madeira nobre; bonequinhos e brinquedos infantis nas prateleiras da biblioteca de Ciro, fotos e porta-retratos na minha; a escrivaninha de Ciro embaixo da escada que subia até o segundo andar – a parte nova; a grande janela de vidros fixos, divididos; o armário imenso, seu lado do armário, o meu; minhas gavetas de repente vazias; o módulo central, que compartilhávamos para pendurar as camisas, os abrigos; suas gavetas, dobrar a roupa seca, separar as camisetas e acomodá-las em suas prateleiras ou nas minhas; a caixa onde guardávamos o gel lubrificante, os preservativos; nossa cama; o iPad do seu lado, apoiado no chão; minha cadeira que fazia as vezes de mesa de luz, cheia de livros e com um abajur que Ciro tinha me dado de presente; a janelinha bem em cima da cabeceira, do seu lado da cama, que ele se arrependeu de ter feito, mal terminamos a obra, e odiou instantaneamente e para sempre; minha escrivaninha, dando para a parede branca, para não me desconcentrar, os cartões postais grudados na parede com fita adesiva, a pilha de folhas para reciclar e imprimir dos dois lados; a porta-janela imensa, com a velha pintura branca descascada que decidimos não lixar porque gostávamos dela assim; o terraço e suas lajotas cor de tijolo, as grades de ferro; a luz que resplandecia sobre os tanques de água metálicos dos vizinhos; a ponta das copas das árvores, mais adiante, na calçada, por cima dos telhados das casas; todos os nossos vasos: gramíneas crescendo quase selvagens, rabos-de-raposa, *pennisetum*, fórmios, arbustos e flores de estação, as mudas que a cada primavera íamos buscar no viveiro de Agronomía, quatro ou cinco jasmins; os caixotes onde plantamos sálvia, tomilho, orégano, onde na primavera eu plantava rúcula e alfaces e mostardas, onde, num verão, tentamos cultivar tomates que morreram em seguida, torrados pelo sol do meio-dia; as cadeiras baixas em que nos sentávamos para ver o entardecer; a torneira na qual prendíamos a mangueira para regar as plantas – de manhã e de tarde no verão, a cada três ou quatro dias no inverno; as noites dormindo com a janela aberta, mirando as estrelas, janeiro em Buenos Aires, a respiração áspera de Ciro, que não chegava a ser um ronco; o vento fresco, a cidade vazia, uma certa coincidência de sinais vermelhos e pouco tráfego na avenida e o estranho momento, de madrugada, no qual a cidade ficava, por três minutos completos, suspensa num silêncio perfeito.

Tudo isso que construímos juntos
com tanta minúcia, com tanto carinho.

Nomear tudo que já não é meu.
Nomear todos os anos em que fomos dois.

O tempo passa fácil nos filmes, nos romances. Só se contam as ações importantes, aquelas que fazem a trama avançar. O resto – as dúvidas, o tédio, os longos dias em que nada muda, a tristeza estancada – desaparece à força de elipses, de cortes bruscos, resumos rápidos.

Uma comédia romântica. Garoto conhece garota. Ou garoto conhece garoto. Ou garota conhece garota. Não importa o gênero nem a orientação, lá pela metade os protagonistas se separam, começa uma musiquinha, aparece na tela um calendário sobreposto e as folhas passam rápido, levadas pelo vento. O protagonista caminha à beira de um rio, o protagonista trabalha sentado numa escrivaninha, a canção continua a soar: é verão, é outono. "A" sai para correr sobre folhas secas. De repente já é inverno, "B" ajeita o cachecol enquanto avança em meio a uma tempestade de neve. É primavera outra vez, "A" sai de sua casa, compra um ramo de flores. A musiquinha e o resumo, uma solução fácil para que, desse modo, os roteiristas se livrem do problema do que fazer com o tempo.

O que as pessoas tristes dos filmes fazem com todas as horas do dia? O que fazem quando a musiquinha não está tocando?
É como se no tempo do luto não houvesse narrativa.

Ontem, mal o chuvisco acalmou um pouco, calcei as botas de borracha e caminhei até o povoado. Era tarde, levei uma lanterna, caso já fosse noite na hora de voltar. Na entrada, antes de chegar à praça, na área onde já há cobertura das antenas e o celular tem sinal, mandei uma mensagem para Ciro:
Posso te ligar?
O que houve?
Nada, preciso te perguntar uma coisa.
Está bem. Mas que seja rápido. Estou trabalhando.
Nós estamos na parte da musiquinha?, perguntei logo que ele me atendeu. Este é o tempo que temos de passar separados para que cada um enfrente suas próprias trevas, seus próprios medos, e, à distância, descobrir que o amor é verdadeiro, que temos de terminar juntos? Este é o tempo de distância e de descida aos infernos que é preciso enfrentar para curarmos nossas feridas, nos transformarmos e depois nos escolhermos de novo, a partir de um lugar mais sadio, mais luminoso, um lugar novo?
Ciro demorou um pouco a responder.
Não, disse depois. Acho que não.

Mas, Ciro, nós construímos uma casa para nós.
Vamos começar de novo com isso?, disse Ciro.
Não soube o que responder.
O nosso lance acabou, disse Ciro, depois. Estou em outro lugar agora. Não fique esperando. Não quero voltar com você. Não acho que vá querer mais adiante.

Faz tanto tempo que só falo comigo mesmo que já tinha me esquecido de como era sua voz.

Julho

Hoje não choveu o dia inteiro. Um milagre. Céu claro. O sol começa a baixar às quatro e meia, a luz se torna dourada, laranja, âmbar. As sombras se alongam. Às cinco e meia já é quase noite. Aproveito a última luz do dia para colher um pouco de acelga, umas folhas de couve kale comum e um pouco de rúcula. Muitíssimo barro na estrada, não se pode passar. A água forma charcos. Campos inundados, estradas inundadas. Uma cegonha caminha a passos lentos, a cabeça baixa, o bico remexendo na água. Faz muito frio. Os caules dos repolhos se inclinam sobre o barro. Jogo um pouco de terra com a enxada, para ver se conseguem se erguer. Aos poucos as cabeças vão ganhando peso, as folhas se dobram sobre si mesmas, se comprimem.

Dias feitos de pequenos desconfortos, incertezas, como se flutuasse sem ir a lugar algum. Pequenas mudanças de humor. Cansaço. Desgosto. Busca. Queixas. Tudo muito leve, muito por cima. Tudo apenas por pouco tempo. Dias sem consistência e sem poder começar nada. Sem fazer nada muito grande. Talvez seja só cansaço, ou saudade, ou tédio diante de tanta chuva, tanta água.

Reviso cadernetas velhas, mexo nos arquivos, primeiras versões, tentativas, contos que ficaram sem terminar. Leio as primeiras páginas, corro a tela para baixo. Não me lembro de grandes trechos do que escrevi. Não entendo para quê, o que estava tentando fazer, o que queria.

Não posso me ler.

Ainda não, digo.

Como na horta, as coisas levam tempo, crescem aos poucos, e a qualquer momento tudo pode sair mal, podem chegar as formigas, ou o vento, pode cair granizo, aparecer uma praga, a planta morrer ainda na semente, não chegar a nada, não frutificar, nascer de qualquer jeito.

Não escrever sempre é mais prazeroso. Porque a energia se mantém no nível do prazer: não há risco, não há movimento, há harmonia.

Escrever requer caos, incerteza, ebulição. É algo crescendo como no ápice da acelga: desordenado e para cima. Requer certa coragem e também requer força e não saber bem para onde direcioná-la.

É um pouco como construir uma casa, mas sem fazer planos prévios: cavar as fundações, estabelecer bases sólidas, tentar estruturas que deem sentido e forma, ir levantando paredes aos poucos, palavra após palavra, tijolo por tijolo, e, quando não funcionam, botar tudo abaixo, demolir, começar de novo. Até chegar, por fim, ao reboco grosso, ao reboco fino, aos pequenos detalhes, iluminar certos cantos, instalar algumas maçanetas, buracos de fechaduras para espiar para dentro. E, mesmo assim, alguma coisa sempre fica fora de esquadro, sempre aparece alguma goteira.

Como escrever agora? Como escrever depois de? Posso continuar escrevendo igual a como o fazia? Vacilo. Faço muitas anotações. Me gasto em notas que depois não uso. Acrescento palavra após palavra como se cada uma pesasse mil quilos, como se cada palavra significasse um tremendo esforço físico. Palavra por palavra, tijolo por tijolo. A cada uma, tenho medo de que toda a estrutura venha abaixo, que a casa se desmanche, que não aguente o peso do telhado. A cada uma, tenho medo de me equivocar, de não estar à altura, de me sentir ridículo, de que apareça um vendaval e me destrua.

Então me sento aqui, solto as galinhas e me ponho a olhar para as nuvens sobre o campo quieto, a sentir o frio sobre o corpo.

O som cristalino na noite gelada. Uma capa de neblina. Um cão que ladra ao longe. O povoado no escuro. Cada um dentro de sua casa, protegendo-se das temperaturas abaixo de zero.
A sensação de vidas arrasadas.
O campo é cruel. O já não saber o que faço aqui, o para quê, se tampouco escrevo, se tampouco passa, se tampouco esqueço. A vida agora é uma imagem que vai se borrando, perdendo seus contornos dia a dia. A rusticidade, as doenças, o frio que o campo te faz encarar, a profundidade do negrume do céu. Não há mais nada a fazer. Acender a salamandra. Ler. Esperar que o inverno se dilua.

Aprender o tempo lento das coisas que crescem. O inverno que ralenta.

As alfaces roxas parecem gostar do frio, cresceram bastante fortes e saudáveis, apesar da chuva, apesar da geada. As calêndulas e os delfínios vegetam ali, não avançam mas também não parecem estar morrendo. As mostardas nasceram em seguida e já soltaram seu segundo jogo de folhas. O pouco sol que há bate direto através dos álamos pelados, ilumina-as e arranca-lhes uns brilhos verdes.

As únicas mudas de couve-de-Bruxelas que consegui que brotassem apodreceram quase sem crescer. Um dos repolhos comuns pegou uma peste, amanheceu recoberto por uma maré de pulgões cinzentos, tão grudados à folha que quase pareciam musgo. Tentei tirá-los mas já tinham se metido lá dentro, portanto arranquei-o inteiro e joguei-o no galinheiro.

Os ramos de hortênsia e de sálvia que eu havia passado para uns vasinhos para ver se vingavam, congelaram inteiramente. Deveria tê-los coberto.

Continua dando muita couve kale, muita acelga. Os primeiros alhos-porós, ainda não muito grossos: como um dedo mindinho, mas já dá. Arranco poucos, apenas os necessários, e deixo que os outros continuem a aumentar.

Com as beterrabas não aconteceu absolutamente nada. Já me cansei, não vou mais plantar rabanetes.

Ontem, enquanto trabalhava na horta, vi o vizinho depois do alambrado, do outro lado da estrada. Estava apoiado contra a parede de lata do galpão, olhava para as mãos com a cabeça baixa, contava alguma coisa com os dedos. Um. Dois. Três. Quatro. Parava por aí, com os quatro dedos abertos. Depois fechava a mão de novo e contava outra vez. Indicador, médio, anelar, mindinho, e começava de novo. Ficou assim durante um longo tempo. Parecia tranquilo. Nem preocupado nem nada, tranquilo. Um cão dormia ao seu lado. Em um dado momento me pareceu que o vizinho ia olhar para a horta, então levantei o braço para cumprimentá-lo, mas afinal ele não se moveu. O cão levantou um pouco as orelhas e continuou a dormir como se nada houvesse. Me esqueci de comentar isso com Luiso esta manhã.

Um brócoli parece que tenta florescer. É estranho, com este frio. Da couve-flor, por enquanto, nem notícia.

O pasto está muito verde. Os galhos das árvores, todos, pelados.

Como escrever entre os escombros, entre o barro e os charcos, juntando, aqui e ali, os restos molhados do que tinha sido um dia a dia, do que tinha sido uma casa?
Como escrever uma história entre os escombros de uma história?

Folhas rasgadas, sapatos órfãos, cafeteiras manchadas de barro, pratos partidos, quebrados, pedaços de vidros, vislumbres de conversas, passos na escada, odores, às vezes odores, que me aparecem em sonhos, ou de repente, como uma pontada, um lampejo.

"Quando alguém está no meio de uma história / de um conto, não é de maneira alguma uma história / um conto, é apenas confusão, cegueira, um uivo no escuro, uma desordem de estilhaços e vidros. Só muito depois é que se torna algo parecido com uma história / com um conto", diz Margaret Atwood.

A grande energia exigida pela escritura é a de ordenar, a de contar o conto, a de dar a ele uma ordem e uma estrutura, encontrar para ele algum sentido.

É difícil resistir à tentação de um mundo ordenado. A sensação de controle que narrar dá: controle do passado, controle da história, controle do que virá, do que pode chegar a acontecer.

A velocidade das palavras seduz quando acreditamos que poderemos ordenar o mundo a golpes de teclado. Estruturar, ordenar, contar mundos perfeitos, harmônicos, seguros, com a ilusão de que o mundo se torne perfeito, harmônico e seguro. De que, como no conto, as coisas, tudo isso, também signifiquem algo.

Contar a nós mesmos a história para seguir adiante. Assegurar-se de que o desenho que surge seja, ao menos, agradável.

Ao fim e ao cabo, não somos mais que personagens em busca de uma trama que dê sentido à história, tratando de identificar a narrativa em que estamos imersos, de garantir, desde agora, que o final vai ser feliz, ou, pelo menos, bom, ou, pelo menos, digno.

Tranquiliza sentir que a vida tem uma forma.

Não pedir à escrita o que a escrita não pode dar.

Há muitos anos, quando tinha vinte e tantos, numa consulta de rotina, meu médico me disse que, se continuasse com a pressão arterial naqueles níveis, teríamos de aumentar a dose do medicamento, acrescentar um diurético ou tomar alguma outra medida.
É muito, para alguém da sua idade, disse.

Naquela época, eu ainda morava em Córdoba, dava aulas numa universidade, coordenava oficinas, publicava alguns livros. Tinha pressão alta desde os dezoito anos: a pressão que o corpo exerce sobre a gente. Como o próprio corpo se comprime para dentro – se *arrepolla*, se fecha – e esmaga / contrai veias e artérias.
As causas não eram claras. Talvez o consumo de sal, e a vida sedentária, sim, mas também a pressão de ser que impunha a mim mesmo. Já havia partido, mas sentia que ainda não podia ser. Na época tomava Amlodipina, a mesma dose e o mesmo remédio que meu avô – então um senhor de setenta e poucos anos – tomava. Cada vez que ia a Cabrera e me esquecia dos comprimidos, pedia a ele que me emprestasse os seus.
Naquela mesma consulta, o médico me recomendou algum exercício – que eu fazia, pouco e salteado –, ou meditar, ou "algum tipo de terapia ocupacional".
Terapia ocupacional?, perguntei.
Algo manual, disse o médico. Carpintaria, tecelagem, pintura, algo de que você goste e que te ajude a segurar a cabeça.

Monyu, uma de minhas amigas, era ceramista, e decidi ter aulas com ela. Todas as quintas eu ia até sua oficina na hora da sesta e Monyu me punha a amassar argila, misturar esmaltes, montar peças com a técnica do beliscão. Depois de um certo tempo, me sentou frente ao torno.

O processo de torneamento é simples: com pressão e água se gruda à platina giratória uma massa amorfa de argila – bem amassada, para garantir que não haja bolhas ou câmaras de ar ali dentro –, liga-se o motor, a massa amorfa começa a girar e, com um pouco de água e o trabalho das mãos, tenta-se fazer com que essa massa assuma uma forma e se converta em algo útil, reconhecível, proveitoso.

A primeira coisa é conseguir que tenha um eixo. Esse processo se chama "centrar" e é vital para que tudo termine mais ou menos bem. Colocar em eixo, centrar, com a força – e é preciso bastante força – das palmas e dos dedos das duas mãos, empurrar a argila para dentro, empurrá-la sobre si mesma para que absorva e perca qualquer assimetria que possua e – graças à força centrípeta – encontre um equilíbrio harmônico que lhe permita girar em paz sobre si mesma.

Para conseguir isso, uma parte é habilidade – a postura, as forças exatas e precisas que há que se fazer com o quadril, com as costas, apoiar os cotovelos nos joelhos, como pôr as mãos, como pôr os dedos – e outra parte é lógica: dar um centro ao amorfo e fazer com que seu eixo coincida com o eixo sobre o qual a platina gira.

O prazer, nem sequer de fazer algum pote, mas de simplesmente domar um pedaço de argila e obrigá-lo a se centrar no torno. Todo o restante só se pode fazer, com maior ou menor perícia, se tivermos sucesso ao centrar.

Depois de centrar, é só saber como mover as mãos, manter a velocidade correta: potes, pratos, copos, floreiras, com paredes retas, com paredes curvas. Todos partem do mesmo: uma peça centrada, uma harmonia que gira em equilíbrio em relação a um eixo.

Centrar, equilibrar, uniformizar, tornar harmônico. O prazer de dar forma a algo que não a tinha. A beleza de um pote fresco entre as mãos. O prazer de que o fogo o queime e o torne sólido, algo para sempre.

Em um torno, beleza é aplicar força, energia, é dominar o diferente e levá-lo a um volume conhecido, reconhecível. A partir de superfícies particulares, que minhas mãos apliquem um limite potente, para acariciar sempre o mesmo.

Às vezes, ao escrever um conto, acontece algo parecido: domar a massa de palavras, de fatos, de ideias, imprimir particularidade à imaginação, à vida, apenas por já ter metida na cabeça uma imagem do que está certo, do que é um bom conto, do que é um conto lindo, do que é um conto belo.

Como um pote, como um prato, como centenas, como milhares de potes e pratos sempre iguais a si mesmos.

No início, queria que tudo fosse perfeito na horta. Desenhava, fazia croquis, planejava, ajeitava as mudas, organizava os canteiros, me preocupava. Pouco a pouco, as pragas e as ervas daninhas começaram a me derrotar, a horta começou a ser um pouco assim, do jeito que saísse, descuidada e misturada. Como se pode fazer. Ou como, às vezes, não se pode.

Há algo do prazer de dar forma, de controlar a forma das coisas, que a cerâmica tem, que antes a escritura tinha para mim, e que a horta não tem. À horta é preciso se entregar: arranjá-la, e depois deixar que o clima e a sorte a alterem, a aperfeiçoem, a moldem.

O frio queima algumas coisas, favorece outras. Acontece o mesmo com a chuva, o chuvisqueiro, o barro, a terra escura, pegajosa, densa.

Com a argila, a harmonia se obtém pela destreza e aplicando força. Beleza implica impor limites, usar músculos, certa violência, certo gasto de energia.

Na horta, sempre há algo nascendo e algo morrendo. Se chega a haver harmonia, é por pura contingência, dura apenas um momento.

Antes eu pensava que tinha de tratar a escritura como tratava a argila. Agora me pergunto se se pode escrever como se faz uma horta.

Uma semana inteira sem chuva. Está frio e nublado. Tudo continua cheio de barro e a água nos campos não baixa, mas não está chovendo.

Por estes dias voltou a gear várias vezes, embora as geadas nunca tivessem sido tão fortes como as que recordo de meus invernos em Córdoba. Nunca impenetráveis camadas de gelo sobre as aguadas, nunca encanamentos que rebentam, nem um fio de gotas brancas, congeladas, escapando de alguma torneira que ficou aberta.

Luiso diz que é porque aqui há muita umidade, por isso nunca chega a fazer tanto frio. Nos repolhos se forma uma faixa de gelo brilhante na borda das folhas, nas nervuras; além disso, nada. As acelgas ficam um pouco debilitadas, mas só por alguns dias. De qualquer maneira, se corto em seguida as folhas prejudicadas, posso comê-las sem problemas. As kales, as cenouras, os alhos-porós, é como se nem notassem. As alfaces eu trato de cobrir a cada noite com um pano.

Ontem eu não tinha mais arroz, não havia mais macarrão, pouca erva, fazia mais de quatro dias que não comia carne, só acelga, couve kale, cenouras e o que mais houvesse na horta. Peguei a mochila, vesti o casaco e as botas e caminhei pelo barro até a estrada grande. Uma laguna de setecentos ou oitocentos metros. Água até o topo, de alambrado a alambrado. Céu cor de chumbo. As bochechas tensas, os olhos e o nariz pingando por causa do frio. Exatamente enquanto andava por ali, passou uma fileira de caminhonetes rumo a Lobos, afastando-se do povoado. Via-se que o leito da estrada estava firme porque iam devagar, mas sem resvalar nem fazer força. Nenhuma ficou atolada. A água lhes chegava até acima dos para-lamas. Abriam passagem e jogavam para os lados grandes ondas de água marrom. Parecia um desfile. Um garoto com um guarda-pó branco me cumprimentou de dentro de uma das caminhonetes. Suponho que o levavam à escola.

A estrada de trás, um pouco mais alta, estava cheia de charcos, mas não inundada. Dava para caminhar facilmente.

Muitos patos, de diferentes tipos. Contei cinco ou seis espécies. Gostaria de saber um pouco mais para poder identificá-los.

Na última parte, passando o bosque retangular, justo antes de chegar ao povoado, uma grande laguna de cem, cento e cinquenta metros. Estava ali, tratando de decidir se subia até o campo para cruzar por cima ou se a altura do cano das botas seria suficiente para atravessar a laguna, quando vi se aproximar, do lado do banhado, uma caminhonete Rastrojero. Parou ao meu lado e me fez sinal para subir. Subi na caçamba porque estava com as botas cheias de barro e, se entrasse na frente, iria sujar todo o piso. Além disso, na frente, no assento do acompanhante, ia sentado um cachorro.
Cruzamos e, na metade da laguna, a Rastrojero perdeu por um instante a trilha e começou a dar umas guinadas. Já achava que íamos atolar, mas o motorista mexeu na direção algumas vezes, com perícia, o motor rugiu no meio da água, a Rastrojero pigarreou, o chassi se sacudiu todo e conseguimos passar incólumes.
Me deixaram na entrada do povoado, logo depois da laguna, e se dirigiram para o lado da praça. O motorista me cumprimentou tocando a buzina e o cachorro colocou a cabeça para fora da janela para me olhar, com a língua de fora.

Muito silêncio em Zapiola. Céu nublado, manhã tranquila. Ao meu redor só se escutava o grito dos ximangos, o ruído de minhas botas chapinhando no barro. Passei no açougue e depois fui ao armazém do Anselmo.
Veio como, caminhando?, me perguntou enquanto esfregava as mãos na frente da tela da estufa, pegada ao botijão.

Contei a ele sobre a laguna, a Rastrojero.

Deve ter sido o Cupri, ele é o único que tem uma Rastrojero. Tinha um cachorro na frente?

Disse que sim.

Aí está. Era o Cupri, confirmou Anselmo.

Pedi a ele queijo, bolachinhas, erva, macarrão.

São brabos os invernos aqui, disse, e se virou para começar a procurar as coisas nas prateleiras.

Mais tarde, quando saí e estava voltando para casa, no meio do campo que divide os dois centros, cruzei com um homem que vinha dos lados da capela. Era um homem velho, nunca antes o tinha visto. Tinha a boca afundada e apertada, como se tivesse esquecido a dentadura postiça em algum lugar. Vestia um casaco verde longo, até os joelhos. Caminhava inclinado para a frente, mas decidido, em direção à estação de trem.

Levava, abraçada ao peito, uma caixa de sapatos envolta numa sacola plástica. Apertava a sacola contra o corpo, como se alguém, a qualquer momento, fosse arrebatá-la.

Cumprimentei-o, mas ele nem me olhou. Me pareceu que estava preocupado, os olhos alertas, o cenho franzido. Me virei.

Tudo bem, senhor? Precisa de ajuda?, perguntei.

Sem sequer parar, o velho levantou rapidamente um braço, como se estivesse me mandando à merda, e seguiu seu caminho.

Tinha, nos pés, um par dessas pantufas de avô, de pelúcia ou algo parecido. Não tinham uma única mancha e ele, sem nem resvalar, caminhava sobre o barro a toda velocidade.

Ontem encontrei outra galinha morta no galinheiro, a terceira. Estava perto do alambrado, atirada no chão e com um monte de penas esparramadas ao seu redor, sobre a terra úmida.

Nas suas costas dava para ver uma ferida grande, um rasgão que lhe chegava até o osso. Havia sangue, via-se a pele amarela, a carne. A cabeça estava caída de lado. Tinha os olhos abertos e fixos, nas pupilas refletiam-se o céu e os galhos dos eucaliptos.

A outra galinha – a única que sobrou – estava lá dentro. Logo correu para comer quando joguei milho para ela. Não parecia ferida nem depenada. Estava tranquila. Chequei o alambrado, a porta. Não encontrei buracos em lugar nenhum, nem nada fora do usual. Tinha ficado a tarde toda em casa e não ouvi um único ruído.

Contei isso a Luiso, esta manhã.

Não pode ter sido um cachorro, disse-lhe. E o gambá a essa hora, assim em plena luz do dia, me parece difícil. Será uma raposa? A cerca estava intacta, não sei por onde pode ter se enfiado.

Um urubu, disse Luiso. Seguramente foi um urubu. Tinha uma mordida nas costas?

Disse que sim.

Já viu, foi um urubu. A gente vê que eles andam famintos. A galinha já estava pondo ovos?

Não, nenhuma das duas. Ainda não começaram.

Luiso suspirou, mexeu um pouco a cabeça.

Você fez um mau negócio com essas galinhas, disse.

Olho o campo e sou tomado pela inquietude.

Tem a ver com se perguntar o que significa. O que significa o campo? O horizonte, os pastos, as nuvens fazendo sombra sobre o campo.

Nada. Não significam nada. São.

É como estar em frente a uma catedral ou algo imenso.

É como estar em frente a Deus?

É só contemplar.

Não é preciso concluir nada a partir da contemplação. Somente contemplar. Não analisar. Não pensar demais.

A forma de um charco no barro não significa nada. É.

As coisas são.

Olhar para elas.

Não ordená-las. Não ordená-las em histórias. Não procurar uma causa para elas, um motivo de ser, um final. Não lhes dar uma ordem. Não lhes dar um significado.

"A pergunta importante não é 'o que significa?', mas 'o que é?'", diz Anish Kapoor.

Se deixar de escrever, o que acontece?

Se deixar de escrever, o que sou?

O que gosto na horta é que não é preciso pensar. É simplesmente fazer e fazer. Cravar a pá, revirar a terra, nivelar, arrancar ervas daninhas, semear, enlamear-se, podar, ir, voltar. Fazer e fazer e fazer. O corpo se cansa. A mente em branco.

Escrever, ao contrário, é pensar sempre. Tentar traduzir tudo em palavras. Tratar de chegar o mais perto possível de dar um nome às coisas. A mente se esgota nesta precisão impossível, a cabeça parece que vai explodir.

Como contar sem história? Sem ordenar? Sem tratar de que tenha sentido? Simplesmente contar e não tratar de entender no meio.

Um conto que seja escuridão e, só de vez em quando, clarões de luz alaranjada, ou vermelha, ou branca, ou amarela.

Um conto como uma sucessão de fogos de artifício. Começam, explodem, terminam. Não há sentido. Irrompem na noite, queimam numa beleza estridente e chamuscada, e no fim só há fumaça, só há noite.

Fogos, mas de artifício.

Explosões para olhar, para que outros as sintam vibrando em suas pupilas, para que lhes salpiquem a pele com cinzas ou brasas.

Criar fogos para que somente uma parte, mínima e imprevisível, fulgure na pupila do outro apenas um instante. Impossível saber que outro. Impossível saber que parte.

Explosões tolas, sem lógica, sem trama. Correr o risco de que o leitor deixe o livro de lado, que diga que é ruim?

Esse é sempre o único medo: da rejeição. De meu pai, de minha família, de minha cidade.

Essa é a dor inenarrável: a rejeição de Ciro.

Ficar preso à necessidade de organizar a história, de contar bem o conto, de não entediar, de ser divertido, de criar tramas e seduzir com a intriga, de ser cada vez mais original, de contar histórias cada vez mais perfeitas. Por medo à rejeição, não poder ser livre.

"E se uma vida não tiver uma narrativa discernível, nenhuma ação principal coerente?", perguntava-se James Wood num artigo que li há pouco. "As vidas de hoje em nada se parecem com os romances convencionais", diz.

Naquela primeira noite, depois do enterro, me ofereci para ficar para dormir, para que minha avó não a passasse sozinha. Fomos ao campo, eu dirigi. A forma do corpo do avô ainda impregnada no assento de sua caminhonete. Os pedais mais distantes, porque ele era mais alto; o botão da alavanca de mudanças gasto de tanto sentir o toque de sua mão; suas cartas, uns recibos, uns boletos sobre o painel, como se os tivesse retirado há pouco do correio. Uma de suas cadernetinhas no bolso da porta, junto à toalhinha de camurça e aos papéis do seguro.

Fizemos o mesmo percurso de sempre: Güero, a estrada do enforcado, a estrada de Perdices, o campo de Juan Pancho e Juan Jorge. A avó olhava para a frente, as mãos cruzadas sobre a saia. Silêncio.

Ao chegar, encontramos um mate cheio de erva seca sobre o balcão da cozinha, seguramente abandonado ali na confusão da correria. A avó não disse nada, atirou a erva no lixo e lavou a cuia com a água da torneira.

No banheiro, ainda, suas lâminas de barbear, sua escova de dentes, seus comprimidos para a pressão alta, seus pentes de plástico.

Alguém tinha esquecido uma janela aberta e uma camada de pó cobria as lajotas do quarto, podia senti-lo debaixo de meus pés descalços.

Preparei um chá para a avó. Perguntei se precisava de algo, se estava bem.

Os lençóis de minha cama gelados, muito frios. Meses inteiros, anos, sem que ninguém dormisse naquela cama.

Tentei ler um pouco, mas não pude me concentrar. As linhas se cruzavam diante de meus olhos, então deixei o livro sobre a mesinha de cabeceira e fui ao banheiro.

Ao passar em frente à porta de seu quarto, vi minha avó deitada, muito quieta, com o rosto para cima, olhando para o teto, o armário, as cortinas marrons que cobriam as janelas, as mesmas cortinas de sempre, as mesmas cortinas de todos esses longos anos.

Quer que eu apague a luz?, perguntei.

Não, disse. Vou ler um pouco.

Eu assenti e voltei para a cama.

Num dado momento, a ouvi se levantar, abrir e fechar gavetas, procurar algo.

Você está bem?, disse em voz alta, sem me mexer.

Sim, sim. Vai dormir que já é tarde, ela me respondeu. Precisa de mais cobertores? Você está bem? Está com frio?

Estou bem. Vou ler um pouco mais e já apago a luz.

Depois, no silêncio do campo quieto, escutei quando ela voltou a se deitar, o rangido do colchão enquanto se ajeitava, o roçar dos lençóis. O som do botão do abajur quando ela o desligou. Girou-o uma ou duas vezes. De meu quarto podia ouvir sua respiração tranquila, compassada. Sabia que não estava dormindo, que estava quieta, do seu lado da cama.

Passou-se uma meia hora, ou uns quarenta e cinco minutos, antes de sua respiração se tornar mais áspera. Depois, quase em seguida, começou a roncar.

Eu ainda fiquei muito tempo olhando para o teto, sem querer apagar a luz e sem saber o que fazer além de ouvi-la dormir do outro lado da parede.

"Essa tristeza agora, de ervas e cardos que ninguém corta", leio num poema de Osvaldo Aguirre.

Caminho até o povoado para ligar para minha avó porque é seu aniversário. Está fazendo noventa e dois anos.

Pergunto a ela como vai.

Ontem à noite saí um pouco, fui à galeria com minhas amigas, me diz. Fui com a Titi Broilo e a Nucha Biglia. Tinha pouca gente. Dividimos uma torrada entre as três e comemos as batatas fritas que eles dão, os amendoins, e esse foi meu jantar. Voltei lá pelas nove e meia e já fui ficando em casa.

Pergunto a ela por suas outras amigas, por que foram tão poucas.

E o que você queria?, me diz. Minhas melhores amigas, minha turma, estão todas arruinadas. A Olga está com reumatismo e artrose, a gente tem que ajudá-la a subir as escadas, se pedimos um táxi temos de ajudá-la a entrar e sair do carro. A Tere está lúcida, mas ficou cega. Enxerga alguma coisa, distingue os vultos, mas temos de acompanhá-la, não pode andar sozinha. Sou vinte dias mais velha que ela. Somos da mesma idade, faz anos agora no fim do mês e está cega, cega, cega. A Elvita, aqui da frente, que é tão santa que se não vou vê-la ela me chama por telefone, está caminhando com um andador. A Ana no mês passado acabou sendo internada num asilo e vai ficar por lá, essa não sai mais. Outro dia a levaram à missa, mas o padre lhe deu uma bronca, a fez sentar num banco e disse a ela para não se mexer. Ela quer fazer as coisas, quer ficar de pé, se sentar, mas não aguenta, suas pernas estão em petição de miséria, o coração fraco. As únicas que me restam são a Nucha e a Titi, e da Titi eu já tenho de cuidar um pouco, porque, se a deixo sozinha, ela se perde.

O que a Titi tem?, pergunto.

Olha, não está bem da cabeça, diz a avó. Ela confia em mim, se estiver do meu lado não fica nervosa e não se desorienta. Se não, ela se perde. Às vezes está tudo bem e ela de repente te pergunta em que dia estamos, diz que quer ir embora, que tem de ir ver o irmão. Faz dez anos que morreu o irmão, imagina. O problema da Titi é que não ficou bem depois do golpe na cabeça, mas, bem, consegue se virar. Agora, na novena, acompanhou todas as missas, porque adora acompanhar as missas, mas alguém tinha de ficar ao lado dela todo o tempo, dizer a ela: Titi, faz assim, vira essa página, lê isso, lê aquilo, então sai tudo perfeito, mas, se ficar sozinha, é um desastre.

Pobrezinha, eu disse.

Bem, o que você queria?, disse a avó. São coisas que acontecem. Vai acontecer comigo também, porque os anos pesam, embora eu esteja bem, mas os anos pesam. Então é isso, assim é a história com as mulheres da minha turma.

Estou ficando sem amigas. Eu sou a mais *engambará* de todas, vou ter de conseguir amigas mais jovens, senão não vou conseguir mais sair de casa.

Concordo com ela, é um dia claro e úmido, o vento me fustiga o rosto, enrola meus cabelos. Fico de costas para o vento, para não zumbir no telefone.

Quando foi que a Titi bateu com a cabeça?, pergunto.

A Titi?, me diz. Faz muito tempo. Caiu, foi atropelada por um carro numa viagem que fez com outros aposentados. Tinham ido a Carlos Paz.

Às vezes eu gostaria de poder ser um pintor abstrato. Trabalhar a pintura, os pigmentos, como pura matéria. Partir da felicidade e da inocência e ir à matéria. Só matéria. Abstração. Não representação. Poder fazer isso com a linguagem: escrever algo sem som, sem ter de entender e esclarecer, algo que parta do corpo, algo que seja só letra, só desenho, palavras e frases que não signifiquem nada. Não ter de pensar.

Às vezes eu adoraria não dizer nada e só fazer uma lista de palavras que ocupem o tempo. Uma lista com minhas palavras favoritas:

Lombote
Lonja
Ponchada
Refucilo
Orear
Fajinar
Tupido
Revienta
Pando

Picaflor
Chilcal
Chinela
O verbo *achuzar*
O adjetivo *chuzo*
Chanfleado, embora não saiba se *chanfleado* é uma palavra que se usa em qualquer lugar ou só em Cabrera.

Palavras para olhar. Isso e nada mais.

Às vezes só quero ficar calado. Não falar. Não escrever. Não fazer nada, por muito tempo.

Uma palavra não doma o corpo.
Nenhuma palavra doma o sofrimento. Nenhuma palavra o espanta.
Nenhuma palavra consegue contá-lo de verdade.

Agosto/setembro

Tem um senhor que quer te conhecer, me disse Anselmo há alguns dias, quando fui comprar uma lâmpada para trocar a que tinha queimado na cozinha.

Um senhor? Quem?

Wendel. Diz que cada vez que você passa em frente à casa dele, você olha para dentro.

Eu? Onde é que ele mora?

Na ponta da estrada que sai aqui do povoado e corre contra os trilhos. O campinho, aquele das plantas.

A moldura de árvores?, perguntei.

Esse.

O bosque retangular!, eu disse. Mas se nem parece que mora gente ali.

Ali mora Wendel, Anselmo confirmou com a cabeça. Já expliquei a ele que você é bem curioso, mas que parece boa gente. Outro dia te apresento a ele, assim ele fica tranquilo.

Naquela tarde, quando voltava para casa, passei caminhando mais rápido do que o normal em frente ao bosque retangular e procurei manter a vista sempre à frente, olhar apenas para a estrada, para a frente. A maioria das árvores já tinha perdido quase todas as folhas e o bosque agora era um entrelaçamento de troncos cinzentos que se sobrepunha até se perder, mas, mesmo sem folhas, espiando com o rabo do olho, não cheguei a distinguir nada dentro dele.

Depois, quando dobrei e peguei o caminho gramado e me virei para o retângulo de árvores de uma certa distância, me pareceu divisar um pequeno fio de fumaça subindo contra as nuvens baixas, como se alguém ali dentro, imaginei, tivesse acendido um fogão a lenha ou uma salamandra.

O inverno desmata e torna a semear, diz Annie Dillard. Aos poucos começam a aparecer brotos novos por entre os charcos e a terra úmida. O aromito da horta e o do galpão já têm cachos nas pontas dos galhos. Logo vão se transformar em flores amarelas. A grama recém-cortada e úmida gruda na sola das minhas botas. Verde brilhante. A grama alta. Céus sem nuvens, sem limites. Forma aberta, ilimitada.

É um meio-dia de inverno ainda. Calmo, silencioso, mas ensolarado. Luz cálida. Limpo o canteiro de repolhos e as alfaces que sobreviveram às geadas. A hortelã começa a brotar outra vez. As ervilhas foram completamente perdidas, mas há bons alhos-porós e bons repolhos, e uma couve-flor pouco mais que decente está começando a formar bulbo. As cebolas querem começar a engrossar. As favas, que passaram o inverno todo vegetando meio perdidas entre as ervas, de repente deram um estirão, cresceram quase vinte centímetros, estão eretas. Me parece que estão a ponto de florescer.

Foi o inverno mais chuvoso em anos. Estamos rodeados de água. Os campos já não podem absorver nem uma gota a mais e a água não abaixa. O que não se mexe, apodrece. Há barro e, em toda parte, cheiro de carniça, de pasto fermentado, de coisas em decomposição.

Nem bem o sol se esconde e a temperatura diminui uns dez graus.

Hoje, por acaso, quando saí do banho, vi meu corpo refletido no espelho do roupeiro. Já não tenho apenas um redemoinho de fios brancos na ponta da barba, agora os pelos do peito também ficaram cinzentos, quase brancos. Não todos, mas uma boa parte, como uma língua de pelos albinos, muito fininhos e ralos, descendo sobre o mamilo do lado esquerdo.

Muito silêncio na casa do vizinho. Faz dias que não o escuto, que não o vejo. Não sei o que aconteceu com os porcos. Talvez tenham sido levados em algum momento, enquanto eu estava no povoado. Não se sente seu cheiro nem se vê ninguém que venha dar-lhes de comer. Pergunto a Luiso, mas ele se faz de desentendido.
Para mim estão aí, diz. Para mim os porcos estão aí.
Vai saber, me diz.

Ontem de manhã, no armazém do Anselmo, quando acabava de pagar e falávamos sobre quando a água iria abaixar nos campos e se finalmente terminaram as grandes chuvas, a porta se abriu e entrou um homem muito magro e alto, a cara curtida, a marca do boné como um aro invisível apertando o cabelo duro, grisalho. Devia ter uns sessenta e poucos anos, botas de borracha, calças jeans e um pulôver marrom cheio de bolinhas.

Não cumprimentou, não disse bom dia, nem olá, nem nada.

Me olhou de cima a baixo.

Você é o que também tem uma horta, disse.

Eu assenti com a cabeça. Sorri.

O senhor também tem uma horta?, perguntei.

Ele é o Wendel, Anselmo então nos apresentou.

Você sempre olha para dentro da minha casa, disse Wendel. Outro dia você parou na estrada e se virou para olhar. Te vi.

Comecei a rir e estendi a mão para cumprimentá-lo, mas ele não se mexeu. Me olhou fixamente, não retribuiu o sorriso.

Desculpe, disse, enquanto punha a mão no bolso. Não queria incomodá-lo. Apenas fico curioso com tantas árvores. E também com o fato de que não se consegue ver nada ali para dentro. Sempre tive curiosidade, desde que cheguei.

Você gosta de árvores?, me perguntou.

Fiz que sim com a cabeça.

Não há nada que ocultar, então, disse Wendel. Se você fica curioso, passe lá quando quiser. Estou sempre em casa, não precisa nada além de abrir a porteira. Os cachorros são barulhentos, mas não fazem nada.

À tarde eu estava entediado e não sabia o que fazer, então fui visitá-lo. Do outro lado da porteira, o caminho avançava fazendo uma curva. Além dos ciprestes, só se conseguia ver os galhos nus dos álamos crescendo espremidos. Depois, quase em seguida, o caminho se abria numa clareira e aparecia a casa: pequena, com telhado de duas águas, de alvenaria, quase uma cabana com janelas de vidros divididos e uma varanda com teto de chapa. Logo os cachorros começaram a latir para mim e, detrás deles, apareceu Wendel.

Quietos! Venham aqui!, gritou, e os cães pararam de latir e chegaram perto para me cheirar as mãos.

Wendel vestia o mesmo pulôver marrom de bolinhas, e as mesmas botas, mas não se preocupou em tirar o boné.

Viu quantas árvores? Fui eu que plantei todas, disse Wendel.

Havia aberto pequenas trilhas entre a massa de olmos e álamos, pequenos caminhos desimpedidos, o leito coberto por camadas de folhas escuras e úmidas, apodrecendo. Sem falar muito, fez sinal para que eu o seguisse. De tanto em tanto me indicava com um gesto onde tinha de ter cuidado com algum galho, onde baixar a cabeça, em que lugar apoiar o pé para pular por cima de um tronco caído, quando dobrar à esquerda ou à direita. O campo ao nosso redor tinha desaparecido por completo. Estávamos dentro do bosque. Só dava para ver o céu se se jogava toda a cabeça para trás. Um silêncio denso, abafado, nos rodeava. A única coisa que se ouvia eram os cães que corriam mais à frente, fuçavam na base dos troncos, levantavam uma perna para mijar e, ofegantes, viravam-se para ver o que estávamos fazendo.

Aos poucos fui entendendo que as trilhas no bosque formavam um percurso. Cada uma levava a uma pequena clareira, um rincão repleto de galhos onde Wendel foi deixando, ao longo do tempo, alguma marcação, um marco, um lugar digno de visita ou de interrupção do passeio para se sentar um pouco. Havia duas grutinhas, cada uma com um banco de concreto na frente: uma dedicada à Virgem de Lourdes, feita de concreto e recoberta com azulejos e espelhinhos partidos, outra dedicada a São Benito, que era uma pequena cabana de madeira.

No centro de uma espécie de rótula, onde desembocavam três trilhas diferentes, havia um bebedouro de pedra. E, alguns metros mais adiante, rodeada por samambaias secas, queimadas por causa da geada, uma réplica da Vênus de Milo sem cabeça, os ombros e os peitos cobertos à altura dos mamilos por uma camada de musgo muito verde e brilhante, quase fosforescente entre tanto cinza e marrons desmaiados.

A uns e outros Wendel me apresentou sem palavras. Parava a caminhada apenas por um instante, com uma inclinação da cabeça ou com um gesto da mão me mostrava a Virgem, a Vênus, São Benito. Eu ficava ali parado, sem saber muito bem o que dizer. Wendel então assentia, chamava os cachorros e retomava a caminhada.

Em outra parte do bosque, mais profunda, mais adiante, depois de três ou quatro curvas no caminho, surgiu por entre as árvores uma escultura de metal e aço, abstrata. Uma espécie de grande círculo polido e resplandecente, encaixado entre ferros retorcidos. Do centro do círculo, oblíquo, surgia um pedaço de viga enferrujada que apontava para o alto.

É uma homenagem, disse Wendel, e tirou o boné e ficou segurando-o com as duas mãos. Uma homenagem a um artista amigo meu. Já faleceu.

Disse seu nome, mas não me soou conhecido.

Construtivista, disse Wendel. Era construtivista, russo, na verdade lituano, mas veio viver aqui. Tinha muitas ideias. Um homem muito original.

Foi ele que fez?, perguntei.

Não, eu que criei, disse Wendel. É uma homenagem.

Depois me indicou, com o braço, outra trilha. Disse: é por este lado.

Wendel tinha comprado o campo fazia quase vinte anos. Desde então vivia ali todo o tempo, inverno e verão.

Um golpe de sorte, disse, enquanto seguia caminhando. Vim aqui um dia, por acaso, estava indo visitar uns amigos, errei o caminho, me perdi. Naquela época havia outro armazém no povoado, um que depois fechou, parei ali para perguntar. Não sei por quê, apareceu o assunto dos campos e, embora nunca tivesse pensado nisso, perguntei se havia algum à venda.

A pedreira, me disseram. A pedreira está à venda.

Naquele dia, nem fui ver, mas deixei com eles meu número de telefone.

Na mesma semana os donos me ligaram. Que tinham lhes passado meu número, que tinham dito a eles que eu queria comprar o campo.

Não soube o que lhes dizer, mas perguntei quanto saía, quantos hectares eram. Cinco hectares, e a um preço ridículo, até para mim que não entendia nada. Com esse dinheiro, em Buenos Aires, não dava para comprar nem uma garagem. Nem pensei no que estava fazendo, me comprometi de ir vê-lo no dia seguinte.

Tinha acabado de receber um dinheiro, uma pequena herança de minha mãe, disse Wendel, e o comprei. Quando minhas filhas ficaram sabendo, se ofenderam. Para que eu queria isso?, disseram. Sei lá para que eu queria, Wendel deu de ombros. Para estar aqui, para vir aqui, para isto, disse Wendel, e apontou para todas as árvores ao redor, o bosque, os troncos cinzentos muito quietos, o sol em cima.

Eu já não era jovem, tinha me separado, uma das minhas filhas já estava casada, a outra estudava fora. O que eu ia fazer lá?

Era terra arrasada este campo, não crescia nem erva daninha. A olaria, disse Wendel. Aqui antes ficavam os fornos, tiravam terra daqui para fazer tijolos. Era a pedreira. Até que a consumiram por completo. O terreno era bom, mas muito baixo, cheio de poços, tinham comido tudo. Quando o comprei, só restavam os buracos e as valas abertas. No fim, se eu contar todos os caminhões de terra que tivemos de trazer para preencher e nivelar o campo, saiu quase o dobro: duas garagens, mas, mesmo assim, não me arrependo.

Naquele momento, a trilha na qual caminhávamos fez uma curva e desembocamos em outra clareira, uma clareira muito maior que o resto. Tive de fechar um pouco os olhos. A luz pálida do dia me cegou. No meio dela, uma horta, canteiros sem uma erva daninha, sulcos arrumados, repolhos gigantes, um espantalho com roupa velha e cabeça de escova e, no centro, imenso, espetacular, o sol que brilhava sobre uma grande estufa de vidro, alta como uma casa de dois andares, com um teto de duas águas.

E isso?, perguntei.
Isso é meu, disse Wendel.

Lá dentro o ar estava quente e carregado de umidade, de cheiros, grandes gotas de suor escorriam pelo interior das paredes de vidro. Três limoeiros em vasos gigantes cresciam no centro, os galhos pesados de limões cerrados como um punho, de um amarelo intenso, quase fosforescente. Junto a eles, em outros vasos, palmeiras, samambaias que pareciam pré-históricas, um cacto que se erguia quase até a parte mais alta do teto. O resto do espaço estava coberto por bancos e mesas, todos velhos, todos diferentes. E sobre eles, muito ordenados, sempre em fila e cobrindo toda a superfície, vasinhos, potes de iogurte, potes de sorvete, de queijo cremoso, de flan e outras sobremesas, galões de azeite cortados pela metade, embalagens tipo Tetra Brik abertas, embalagens de leite, de vinho, cheias de terra. Em cada uma, o broto de uma planta. Com uma olhada rápida, cheguei a reconhecer ciprestes, carvalhos, pinheiros, bordos, freixos.

Ciprestes de semente!, disse, incapaz de dissimular minha surpresa e meu entusiasmo.

De quatro ou cinco tipos diferentes, observou Wendel com um sorriso. Cipreste alba ou albino, mostrou, numa mesa. Aqui uma sorveira, e apontou para outra mesa. E aqui temos o cipreste fúnebre ou chorão, como dizem.

E ali, do outro lado, há casuarinas. Tenho seis variedades diferentes de carvalhos. E também há ginkgos, aqui nesta mesa, na entrada.

Você cultiva árvores, eu disse.

Wendel concordou com a cabeça.

Para vender?

Não, não as vendo.

E então? Para que tantas?

Wendel deu de ombros.

Um dia os fabricantes de tijolos também vão esgotar a pedreira nova, disse, e acariciou com os dedos os cotilédones ainda frescos de um freixo ou de um bordo recém-germinado.

Eu concordei.

São sementes, disse Wendel então, e deu de ombros mais uma vez. Alguém tem de fazê-las crescer.

Contar histórias para preencher o vazio deixado por uma casa.

Ou preenchê-lo com árvores.

Aos poucos retomo a semeadura, sobretudo de alfaces – roxa, galega, crespa –, de mostarda japonesa vermelha e verde que Wendel me deu de presente, além de rúcula e de um pouco de chicória. Semeio bastante, densamente. Se não gear mais, é capaz que sobrevivam.

Quinze de agosto e dá a impressão de que os grandes frios já passaram. Ainda chove pelo menos uma vez por semana, mas a cada dia escurece um pouco mais tarde.

Um ritual ancestral que celebre o fato de que os dias já vão ficando longos. Celebrações durante doze entardeceres, para agradecer esse novo minuto diário de luz.

O aromito junto à horta floresceu e o que fica atrás do galpão de Luiso está começando a florescer. Um incêndio de flores amarelas brilhantes. Amarelo-patinho, amarelo-limão, amarelo-maçã e aquele que Van Gogh usava: amarelo-cádmio.

Um dos repolhos chineses se abriu em flor, tem uma inflorescência de um amarelo pálido, parecida à do sisímbrio, mas muito maior. Na hora da sesta, se enche de abelhas.

Vento frio. Nublado. Transplanto mais alhos-porós, as cebolas verdes, colho algumas cebolas – as primeiras – entre as que sobreviveram no sulco que os porcos reviraram. Almoço massa com alho e couve kale refogada. A horta linda, os canteiros limpos depois da parada e das ervas daninhas do inverno. Flores de rúcula, brancas, dançando no vento, todas em linha. Começam a florescer as calêndulas, bem laranjas. Os delfínios ainda não. Não sei se vão conseguir. O coentro nasce por si só, a salsa, que já tinha dado como perdida, cresceu e se encheu de folhas de um verde brilhante.

Arranjo pequenos vasos e planto tomates, quatro variedades diferentes, mais os chineses do ano passado, dos quais resgatei sementes. Planto beringelas, pimentão comum e vermelho, umas sementes de pimentas que comprei no México quando me convidaram para uma feira há alguns anos. Acomodo os vasos no parapeito da janela da cozinha, para que possam pegar o sol da tarde. Planejar e fantasiar com a horta de verão.

Entardecer incrivelmente tranquilo e silencioso. Longo. O ar tão quieto. É como estar dentro de um aquário invisível, fechado ao vazio. Só se ouvem alguns quero-queros, ao longe. Os alhos-porós crescendo entre as folhas secas do álamo. A rúcula e as mostardas brotam em seguida. A cortina de álamos ainda não reverdeceu, segue sendo pura madeira cinza e pelada. Suas sombras longas, longuíssimas, sobre o campo, enquanto o sol se põe cada vez mais laranja.

Vou fechar a porteira. Faz frio. Não há lua, somente algumas estrelas. As luzes de Lobos, ao norte, refletindo-se nas nuvens baixas. As de Cañuelas ao sul. Uma rã coaxa, ou são grilos? Só se escuta o ruído de meus passos no pasto. Caminho num ritmo bom, regular, rápido. A luz da lanterna iluminando o solo. Quando volto, um quero-quero se põe a gritar no meio do potreiro das ovelhas. Depois logo se cala.

Por que nos apaixonamos por alguém? Quais serão, como se chamarão essas teclas ocultas, essas zonas secretas e inacessíveis a nós mesmos, os receptores que se iluminam quando gostamos de alguém?

Essas zonas existem no mais escuro de nosso corpo? Existe esse teclado desconhecido? Que nome tem? Como ele é? Por que somente alguns cheiros, certas entonações de voz, certas formas de olhar, de se mexer, somente certas sensibilidades e não outras movem as teclas e são capazes de fazer soar uma música?

Que atritos longínquos, pré-históricos, esses corpos novos nos lembram? Ecos de quê?

E por que algumas pessoas nos atraem até a loucura e outras, que *a priori* reúnem todas as condições (são lindos da maneira que nos parece linda certa gente, profundos, divertidos, simpáticos), despertam em nós apenas um ligeiro arrepio?

E com que pesar nos despedimos deles ou com que insistência aguentamos, tentamos, damos outra chance, porque nossa cabeça diz que é a pessoa adequada, mas não: os dias se tornam apenas um taxiar pesado que não chega a levantar voo, e nada acontece.

Terei sido isso para Ciro? Sete longos anos de não conseguir tocar os botões corretos? Dura tanto tempo assim um mal-entendido?

Ainda dói, mas de uma maneira mais calma. Ainda não posso voltar a certas coisas. Assim como me é impossível abrir o caderno que escrevi quando Ciro decidiu que tínhamos de nos separar, não posso nem sequer pensar em abrir os diários dos anos que passamos juntos, relê-los, vê-los em detalhe.

Inclusive as lembranças que aparecem de improviso, como flashes, me derrubam se me pegam com a guarda baixa. Certo gesto que se me apresenta em sonhos. Certos sorrisos, umas histórias que contava, alguns objetos, algumas partes ou áreas de seu corpo que de repente recordo como se estivessem diante de mim, presentes, palpáveis.

Um meio-dia, já morávamos na casa nova. Eu escrevera a manhã toda e por isso tinha algumas horas livres antes de começar as oficinas da tarde.

Passei pelos lugares de sempre: tomei um café em meu bar favorito, passei na mercearia e comprei rúcula, abacates, tomates, as primeiras alcachofras da temporada. Fui ao açougue, trazia um pedaço de pão fresco na bolsa pendurada em meu ombro, voltava carregado. Sacolas nas duas mãos, o almoço resolvido. Era um dia de muito sol, mas não fazia calor. Lembro perfeitamente em que calçada, em frente a que casa.

Foi um instante. De repente, a troco de nada, pude ver a mim mesmo de fora e entendi que era feliz, completamente feliz. Que a felicidade era aqueles dias, aquelas rotinas, aquelas pequenas brigas por causa da roupa suja ou para ver quem regaria as plantas, aquele "eu cozinho, você lava a louça", ficar deitado enquanto Ciro lia, aquele planejar com alegria que filme veríamos no cinema e qual iríamos baixar pelo Torrent para ver na sexta-feira seguinte, fumados, depois de termos transado por um longo tempo.

As pontas da falsa parreira do galpãozinho começam a inchar. Brotos roxos, avermelhados. Em poucos dias, não mais que isso, já terá folhas outra vez.

Os homens já retomaram o trabalho nos fornos da olaria. Hoje passei por lá e um trator girava no picadeiro, misturando o barro. Ainda não vi cortadores, mas as retroescavadeiras já andavam esburacando o fundo, tirando terra, cavando.

Ao chegar ao povoado, pouco antes da praça, uns salgueiros outra vez verdes. Nos álamos prateados junto à capela brotaram uns pompons nos olhos dos brotos, pompons brancos, suaves como casulos de seda, aveludados.

As couves kales deram sementes. Algo triste nisso, uma etapa que termina.

Dia bonito. Fresco. Janelas abertas. Um céu tão azul que deslumbra. Tudo calmo. Silencioso. Os pombos arrulham. De tanto em tanto, um zangão. A quietude. A varanda fresca. O sol que cai a pino sobre o campo, mas não queima, apenas esquenta.
De repente, uma lufada de vento.

Coloco estacas para sustentar os delfínios. As sementes não eram boas, poucas brotaram e só quatro ou cinco sobreviveram. Corto ao nível do solo quase todas as acelgas porque várias estavam ameaçando chegar ao ponto de florescer e produzir apenas sementes, não mais folhas. Com um pouco de sorte, darão uma nova leva de folhas antes de morrer.

Mariposas laranjas com pintas pretas. Muitas, na horta, junto às abelhas rondando as kales florescidas.

Um fracasso a colheita de brócolis. Ocupam muito espaço e deram apenas duas ou três ramas mínimas. Um nem sequer formou bulbo. Arranco-os e não guardo a semente, porque não vale a pena. Será preciso mudar de variedade no ano que vem. Vou perguntar a Wendel se conhece alguma boa.

As favas foram outro fiasco. Encheram-se de pulgões (duas vezes). Vegetam ali, sem ir a lugar nenhum, e algumas varas começam a secar e ficar pretas. Arranco-as sem que tenham chegado a dar vagens. Será que as plantei muito cedo? Ou foram afetadas por tanta água?

Dos repolhos roxos há três ou quatro que se negam a desabrochar. A variedade Red Express funcionou melhor. Três têm lindas cabeças já formadas e duras. Um outro foi vítima da mesma peste de pulgões que um dos primeiros já tinha sofrido. Corto-o e jogo-o na fossa, para queimá-lo.

Dos repolhos coração-de-boi há um que está quase na hora de colher. Os outros seis ainda não estão prontos.

A glicínia floresce com os galhos nus, antes que as folhas nasçam. Cachos carregados e longos, como cristas caídas entre os galhos. Uma cor incrível, metade azul e metade violeta. Enquanto leio com a porta aberta, por momentos o aroma de suas flores se infiltra na casa e chega um pouco diluído até a poltrona. É como um vapor. Mexo a cabeça, procuro-o no ar com o nariz, mas já não o encontro. Desaparece em seguida.

Luiso chega com a notícia.

Vendeu os porcos, diz, e aponta para os lados do vizinho.

Anda dizendo que é porque se cansou, mas a verdade é que já não tinha nem milho para dar a eles. Ninguém queria lhe vender fiado.

E o que vai fazer agora?

Luiso dá de ombros.

Quem sabe?, diz.

E tua irmã?

Começou a trabalhar como porteira numa escola, minha irmã, diz Luiso. Está contente.

Quando caminho contra o vento, ele zumbe em meus ouvidos e pode chegar a ser ensurdecedor. Parte o cabelo em dois, oferece resistência, para avançar tenho de me inclinar para a frente. Em compensação, se me viro e caminho a favor do vento, tudo é rapidez e silêncio.

Gosto de andar contra o vento para sentir que abro caminho.

Mas também gosto de andar a favor para sentir o silêncio, o leve empurrão do vento em minhas costas como um prêmio, uma recompensa depois do esforço.

Os papagaios começaram a construir seus ninhos na parte mais alta dos eucaliptos. Vão e vêm o dia todo, berrando e transportando pequenos galhos.

E você, o que faz aqui?, me perguntou Wendel outro dia, quando fui levar umas sementes de tomatinhos chineses para ele.

Dei de ombros, não disse nada.

Quantos anos você tem?

Quarenta e dois.

Wendel levantou a cabeça, me olhou.

Você ainda é jovem demais para ficar aqui, disse.

Baixei os olhos.

Não sei, disse.

Eu sei, disse Wendel, e começou a fazer algo com a enxada, abrir melhor um sulco, arrancar uma erva daninha pela raiz.

Ainda não estou pronto para ir embora, disse.

Wendel assentiu.

Mas é melhor você ir, disse.

Não encontrava caminhões para trazer minhas coisas, no ano passado, antes de vir para cá, quando tinha acabado de alugar a casa e começava a organizar a mudança. Tinha de desocupar o apartamento de meus amigos o quanto antes, porque o casalzinho com dois filhos que o havia alugado queria se instalar em seguida. Eu ligava para todas as empresas de mudança que encontrava por aí e lhes explicava que o último trecho era um caminho de terra de vinte quilômetros: naquele exato momento, todas desistiam ou inventavam algum pretexto. A única que chegou a passar um orçamento queria me cobrar uma fortuna.

Comentei o assunto com Luiso, num dia em que vim limpar e semear as primeiras coisas na horta, e ele me falou dos caminhões da pedreira. Me passou o telefone do gerente.

Vai ver se interessam em fazer um trabalhinho, disse.

Liguei e logo nos pusemos de acordo. O preço era bom, podia pagá-lo. A única condição era que tinha de fazer a mudança num domingo, porque era o dia em que não trabalhava.

Avisei a Ciro e lhe pedi que por favor embalasse todas as minhas coisas, pusesse meus livros em caixas, envolvesse em papel de jornal tudo o que eu tinha juntado e acumulado com o passar dos anos.

Até que ele estacionasse em frente à casa que era nossa, não havia entendido que o caminhão que tinham me oferecido era um caminhão basculante. A parte traseira – o lugar em que iriam transportar meus volumes – era apenas uma caixa metálica, dessas que se levantam para trás graças a um gato hidráulico, para que a terra caia. Nem sequer tinha uma comporta. Tampouco havia lonas para cobrir as caixas com livros ou as estantes, nem havia onde prender as cordas usadas para amarrar os móveis para que não saíssem voando. Antes de começar a subir as cadeiras para o caminhão, varri o piso metálico com uma escova e deixei que caíssem na rua os restos de areia e pedra da última viagem.

O caminhão era altíssimo, o piso da caçamba ficava quase na altura dos meus olhos, de modo que subir os volumes exigiu muita força puramente braçal. Ciro me ajudou sem dizer uma palavra. Vi o gesto que fez quando descobriu de que tipo de caminhão se tratava, mas não disse nada.

O pior foi subir a geladeira sem virar, bem de pé, para que o gás não escapasse.

Antes de sair, pedi ao motorista que tivesse cuidado, que não tocasse por descuido na palanca que joga a caçamba para trás, ou todas as minhas panelas, meus pratos, meus cadernos, meus móveis e meus livros iam terminar esparramados no meio da estrada.

Falei isso como piada, mas ele me olhou muito sério e disse que sim, que tinha de ter cuidado, que não fosse o caso de isso acontecer por um descuido.

Segui o caminhão com meu carro, vinte metros atrás, o tempo todo. Íamos a sessenta na estrada. A viagem durou uma eternidade. No final da tarde, quando pegamos a estrada grande que leva a Zapiola, vi como uma nuvem de pó surgia das rodas e se erguia até a traseira do caminhão, vi como minhas coisas se enchiam de terra: poeira para sempre impregnada em meus livros, em minhas estantes, poeira sobre meus pratos e meus talheres, poeira enchendo as almofadas de minhas poltronas, o assento de minhas cadeiras, o tampo de minha escrivaninha, minhas roupas, meus travesseiros.

Quando chegamos, três dos oleiros estavam nos esperando e nos ajudaram a retirar os volumes do caminhão e a deixá-los espalhados em qualquer lugar, no centro dos cômodos vazios, sobre o piso de lajotas, nesta casa no meio do campo.

Passei aquela primeira noite lavando taças, copos, panelas, frigideiras. Com um pano úmido, limpei as prateleiras da despensa e atribuí lugares para cada coisa: uma prateleira para os víveres, um lugar para as especiarias. A primeira gaveta, sempre, para os talheres, os panos de prato na segunda e, na terceira, um lugar para os trastes que acumulamos por aí e não sabemos onde guardar.

Começar a vida em outro lugar.

Não havia nada, no início. Quando o primeiro Juan chegou à pampa.
Não havia árvores, não havia nada.

Não havia sombra, não havia proteção, não havia cuidado.
O ar e o vento chegavam de longe, ganhavam impulso com a distância, golpeavam forte, pesado.

O primeiro Juan tinha de fazer fogo com gravetos de cardo, com palha, ou com bosta seca de vaca.

Eram fogos débeis, que havia de cuidar constantemente para que não se apagassem.

Não davam nem para esquentar a chaleira.

Havia terra e havia água, mas não havia tijolos para construir casas. Não havia lenha para fazê-los.

O primeiro Juan construiu um rancho de barro. Cortou o adobe num retângulo largo e o deixou secar ao sol por semanas, rogando que não trovejasse nem caísse uma única gota de água do céu.

Um pequeno rancho a quatro léguas do povoado mais próximo. Um pequeno rancho no meio do nada. Dois cães. Três cavalos.

Umas pessoas de Perdices deixaram que ele cortasse estacas: longos galhos de salgueiros, mais ou menos de um metro, dos quais enterrou quatro ou cinco nós, para que se transformassem em ramas.

Colocou-as em linha reta, espaçadas a quinze metros uma da outra, assim, enquanto cresciam e engrossavam, também serviam de poste para os alambrados.

Todos os dias o primeiro Juan caminhava ao longo daquela linha, oitocentos, novecentos metros, e carregava baldes para regar as estacas. Ajoelhava-se junto a elas, olhava de perto os gomos, apalpava-os com o dedo, procurava ver se iam brotar.

Protegia as estacas das formigas, dos gafanhotos, das larvas. À noite saía para caçar caracóis com um lampião e um cesto.

No inverno, protegeu-as das geadas. Cobriu-as com panos. Quando ficaram maiores, enrolou os pequenos troncos com serrapilheira.

E enquanto isso, ali ficava, olhando o campo.

Não valia a pena mandar nenhuma carta para a Itália: não iriam acreditar nele, se contasse.

Não havia, tampouco, a quem escrever.

O tempo lentíssimo em que uma árvore cresce. A vida se vai nessa espera.

Até que um dia, afinal, pode-se cravar nela um machado, derrubá-la, acender o forno, fazer tijolos, construir uma casa.

É a semana dos buquês-de-noiva. Floresceram todos. No resto do ano são apenas arbustos anódinos, ali, ao lado do galinheiro, e um dia, de repente, se transformam. Grandes bolas brancas, os ramos inclinados pelo peso, formando arcos, uma chuva de pétalas minúsculas salpicadas sobre a grama.

A glicínia já passou do ponto. Suas folhas já brotaram. Resta-lhe apenas umas poucas flores, mas perdidas entre o verde.

Com o calor, os talos das cenouras do outono começaram a se estirar e florescer. Ainda restam umas quantas para comer. As que plantei o mês passado vêm lentamente. Nasceram um pouco ralas, mas bem. Teria de ter plantado antes. Entre o término das velhas e o momento em que as novas comecem a dar, talvez passe um tempo. Um mês ou um mês e meio faltando cenouras na horta. No almoço, a primeira salada com as alfaces novas. Mostardas, mizuna e alface galega, todas de desbaste, bem novas. Os brotos inchados e vermelhos da falsa parreira já se transformaram em folhas brilhantes, com tons avermelhados e base cor verde-maçã.

A estrada de trás coberta com algo que parece camomila silvestre. Muitíssimas flores brancas, com o centro amarelo. Efeito cênico, como num filme. Ainda há água nos campos. Menos que antes, mas ainda há. Pode-se vê-la correndo no acostamento. Acelera onde há alguma descida. Os charcos vão baixando lentamente e já dá para ver a grama embaixo deles, aferrada ao solo mas flutuando na água turva, como esqueletos de medusas formando véus, que a corrente embala. Pouco a pouco, a água é drenada. Começam a aparecer mosquitos.

Os *hits* da temporada outono-inverno foram as couves kales, as cenouras, os alhos-porós.
Fracassaram as ervilhas, as couves-flores, as favas. Os brócolis, frouxos. Os delfínios mal apareceram. Para o ano que vem quero conseguir sementes de papoulas. Tenho de perguntar isso a Wendel.

Onde estavam os brócolis e as couves-flores planto a primeira leva de vagens anãs da temporada. No verão passado deram muito e agora tenho carinho por elas: não são exigentes, não ocupam muito espaço e vêm numa boa quantidade.

Para as vagens de rama vou esperar que passe um pouco o frio.

Enquanto isso, onde estavam as favas planto zínias, cosmos, mais escabiosas, mais acelga e, de novo, beterrabas.

A horta cheia de abelhas e calêndulas. Monto um raminho e coloco-o numa floreira. Limpo a escrivaninha, esvazio-a, guardo numa caixa os cadernos velhos, as notas. Ponho a floreira no meio.

Primeiros dias de bermudas e mangas curtas. As folhas novas dos álamos, um verde úmido e carnudo, brilhante, frágil. Ficam com uma marca se as aperto com as unhas. Quando era pequeno, deixava mensagens nas folhas "escrevendo" nelas com as unhas. Cada marca era a parte de uma letra. Uma marca para a parte vertical da letra E, três marcas para as partes horizontais. FEDE.

Setembro

O mais difícil são os finais, diz Hebe Uhart. Sempre é difícil se despedir de alguém que amamos muito.

Amar a forma é amar os finais, diz Louise Glück.

Naquela última conversa com Ciro, aquele dia no bar, eu já morava no apartamento emprestado, já tinha decidido me mudar para o campo.
Tudo o que Ciro disse.

Disse: algo tinha de se quebrar, estávamos estancados, algo precisava rebentar.

Disse: vivíamos numa fortaleza, achávamos que éramos autossuficientes.

Disse: em algum momento, não sei como, o refúgio se transformou em uma jaula.

Disse: crescemos juntos, nos equivocamos juntos, caímos juntos em todas as armadilhas, nos vimos em nossas escuridões. É difícil aceitar que alguém nos conheça tanto.

Disse: às vezes precisamos mudar, não suportamos ter testemunhas do que fomos.

Disse: me angustiava, me dava ansiedade, me dava medo, sempre quis escapar e lutava contra isso, até que não aguentei mais.

Disse: você sustentava tanto nossa relação que eu não via jeito. Então te vi caído, a metros do abismo. Era minha oportunidade e não pensei duas vezes: te empurrei.

Disse: eu não posso ser a tua família, você já tem uma família.

Disse: que importam as formas, que importam as maneiras, foram as únicas que encontrei.

Disse: as formas foram grosseiras, terríveis, mas as formas são o de menos.

Disse: a união foi tão grande que não podia acontecer nada além de se romper.

Disse: está bem que às vezes as coisas se afundem, assim aparece outra coisa, assim se dá lugar a algo novo.

Disse: tínhamos de nos separar para que pudéssemos ser nós mesmos, cada um de nós.

Disse: eu sei que você vai ficar bem.

Disse: te peço desculpas, me perdoa.

Disse: nunca mais vou conhecer alguém como você, alguém com quem me aconteçam as coisas que me aconteceram com você.

Disse: foi tão grande a união que sempre vamos estar unidos.

Disse: agora cada um vai seguir com sua vida e algum dia, dentro de muitos anos, vamos nos cruzar por acaso em algum lugar, em algum aniversário, no lançamento de algum livro, um lugar com muita gente, e vamos nos olhar por cima de todas as cabeças, e vamos nos cumprimentar apenas com um gesto e não será necessário nem sequer falar.

Disse: eu vou saber tudo de você. Você vai saber tudo de mim. Você sempre vai ser a única pessoa no mundo que me conhece de verdade.

Eu disse: fomos dois / fomos os dois.

Eu disse: você já não é mais meu companheiro, agora já não me acompanha.

Brotaram as folhas, o vento voltou a murmurar na cortina, os álamos voltaram a soar com cada brisa.
Dobram-se com o vento. São árvores elásticas.

O buquê-de-noiva floresce cada vez mais, mas cada vez há mais pétalas caídas ao seu redor. Duram pouco tempo.

Logo se retorcem e ficam amarelas, como se se oxidassem, igual às maçãs.

Anoitece. Vou fechar a porteira. Ao escutar meus passos, as duas lebres pulam e disparam pelo potreiro.

Primeiros, poucos, vaga-lumes no campo.

Colho na horta o último repolho roxo. Cabeça pequena, mas densa. Corto-o em tiras bem fininhas e as deixo de molho. A água se tinge de uma cor profundamente azul, quase anil. O mesmo tom azul acinzentado que as folhas tinham no inverno. Como uma salada de repolho.

Trabalhei na horta o dia todo com Luiso, sem descanso. Preparamos dois canteiros novos para colocar os tomates e outros dois para os pimentões e as berinjelas. Decidimos dividir a horta de verão, ficarmos sócios. Ele disse que eu tenho mão verde, que a terra em sua casa não é tão boa como aqui. E para mim também é bom, assim, se tenho de sair, partir uns dias em viagem, passar alguns dias da semana em Buenos Aires, Luiso se encarrega de regar.

Revolvemos a terra e cavamos e, num dado momento, Luiso parou para descansar.
O que vamos fazer com tantos tomates?, disse, e secou a testa com o antebraço.

Sessenta mudas de tomates. Vinte de berinjelas. Quatorze de pimentas. Outras dez de *chiles* e nenhum dos dois gosta de comida picante.

Em casa somos apenas eu e minha senhora, disse Luiso. Minha filha não gosta de tomate, ela nem o come.

Eu dei de ombros.

Não sei, Luiso. Não sei, disse a ele. Mais adiante vemos isso.

Criar um desenho: amarrar todos os cardos de um campo, de um a outro, com um barbante bem longo, vermelho, para que contraste com o verde.

Os que houver. Em qualquer ordem. Amarrar os cardos. Os que se quiser, os que se puder, os que se chegar a ver, e que saia o que saia.

À tardinha, pego a espreguiçadeira e me ponho a ler debaixo dos eucaliptos. Abro a porta para a galinha, para que ande um pouco solta. Não presto atenção a ela e me concentro no livro.

Um silêncio cheio de pássaros. Os papagaios que continuam a construir seus ninhos nos eucaliptos. Pombos que arrulham. Outros passarinhos. Um ximango que sobrevoa e termina pousando sobre um dos cantos da casa.

As damas-da-noite cheias de rebentos a ponto de florescer. Cheiro de jasmim, de lavanda, o cheiro adocicado das flores da árvore-do-paraíso.

Em segundo plano, ao redor, sempre perto, ouço a galinha que escava, cacareja baixinho, como falando sozinha, ou consigo mesma, com as patas procura algo no meio da grama.

De repente, deixa escapar uma nota aguda, quase um grasnido. Cacareja alto, como se estivesse surpresa ou assustada.

Me viro para ver o que está acontecendo.
Botou seu primeiro ovo, ali, quente, sobre o pasto.

Amarrar-se a algo.
A uma horta, um bosque, uma planta, uma palavra.
Amarrar-se a algo que tenha raiz, atar-se para não se perder no vento que sopra sobre a pampa e chama.

Alguns, quando a vida se desmantela, voltam para a casa dos pais. Outros não têm para onde voltar.
Eu voltei para o campo.

Criei uma horta para preencher o vazio.
O amplo tempo vazio.
O tempo sem narrativa, sem histórias. O tempo da planície.

Sento-me à escrivaninha. Afasto para um lado o raminho de calêndulas cor de laranja.
Abro o caderno. Olho minha letra. Tudo o que escrevi nestes meses, neste tempo do campo.

Colocar uma palavra atrás da outra somente como uma maneira de estar.
Contar a si mesmo uma história para tratar de estar em paz.

Agradecimentos

"Ao fim e ao cabo, não somos mais que personagens em busca de uma trama que dê sentido à história, tratando de identificar a narrativa em que estamos imersos" parafraseia uma ideia de Lauren Berlant.

"Não há ninguém mais indesejável do que aquele a quem se deixa de desejar" é uma frase de Alejandro Dolina.

"E às vezes a ficção é a única maneira de pensar o verdadeiro" parafraseia uma afirmação de Alexandra Kohan.

"*Eventually soulmates meet, for they have the same hiding place*" [Mais cedo ou mais tarde as almas gêmeas se encontram, pois elas se escondem no mesmo lugar] é uma citação de Robert Brault.

Um convite da Cátedra Aberta em homenagem a Roberto Bolaño, da Universidad Diego Portales, me permitiu colocar por escrito algumas ideias que este romance retoma. Obrigado a Álvaro Bisama, Rodrigo Rojas e Cecilia García-Huidobro pela chamada.

Obrigado a Francisco González Táboas por esclarecer minhas dúvidas e responder a minhas consultas sobre aves e fauna nativa, e obrigado a Rodrigo Valdez por fazer o mesmo em relação às formas de representação divina no

Antigo Testamento. Fragmentos desse trecho seguem quase ao pé da letra as suas palavras.

Obrigado ao grupo das terças e ao grupo das quartas-feiras, pela possibilidade de pensar juntos o escrever.

Pelas leituras, pelas sugestões e pela amizade, obrigado a Juliana Marcos, Candelaria Luján, Gonzalo Segura, Virginia Higa, Gerardo Jara, Sandra Sternischia, Verónica Maggi, Leonora Djament, Jennifer Croft, María Nicola, Cecilia Moscovich, Ruth Guzmán, Exequiel Crespo, Luciano Lamberti, Pablo Natale, Ana Monyu Roldán, Juan Manuel Silva, Diego Zúñiga, Luis López Aliaga, Claudina Vissio.

Obrigado a Manolo Duarte Inchausti, Lilia Lardone, Ana Domínguez, Victoria Carranza, Soledad Urquía e Santiago La Rosa.

E obrigado a Guille.